後山小子的趣味事

蕭福松散文集

推薦序一

國立台東生活美學館館長　李吉崇

福松兄是我認識的朋友當中，經歷最多職務，也是稱呼最多的一個。他擔任過縣長機要祕書，有人叫他「蕭祕書」；他擔任過台東市公所主任祕書，有人叫他「蕭主祕」；他擔任過教育局副局長，有人叫他「蕭副座」；他在大學教書，有人叫他「蕭教授」或「蕭老師」。不管是哪種稱呼，不變的永遠是他。

過去我在縣府任職時，印象中的福松兄就是一位溫文爾雅、隨和謙沖的人，時至於今，依舊未改其恬淡從容本色。福松兄歷練很多職務，行政能力很強，兼之肚子有墨水，使到他能講能寫也能教，不管在公務界、教育界或大學講堂，他都游刃有餘，是位才華橫溢的通才。

福松兄有敏銳的觀察力，文筆也很好，每每看到他發表在報紙上的評論，論述客觀中肯，常有獨到見解，令人敬佩。《後山小子的趣味事——蕭福松散文集》是他出版的第十本著作，在此之前，他已出版多本個人言論集，包括描述職場爾虞我詐的《新官場厚黑學》，以及提供給社會新鮮人參考的《別太單純，也別太單純》，都極具可讀性。

即便擁有很豐富的社會閱歷，也經歷大風大浪，但福松兄仍不改其赤子之心，故能寫出很多精彩、雋詠、有趣的故事來。

他寫〈可愛老媽〉、〈吾兒孽子〉、〈愛哭囡仔〉，輕鬆幽默中，顯露出無比的溫馨親情。他寫在綠島及山上代課的艱苦、寫求學生活的不易、寫當兵的趣事、寫採訪的遭遇、寫當公務員的甘苦，文中完全看不到抱怨、憤懣、不滿，反而像在敘述一件很有趣的往事，令人讀來，趣味盎然，亦見得福松兄豁達開朗、優游自在的瀟灑個性。

《後山小子的趣味事——蕭福松散文集》是彙整福松兄發表在國內報章雜誌及香港「讀者文摘」的作品，他雖自謙是以平凡之心寫平凡之事，卻是筆調平實、真誠感人，充分發揮「文以載道」精神。寫的雖是他個人生活趣事，其實也是很多人的共同回憶，尤其難得的，為昔日台東留下點滴記錄，此正與文化部「連結與再現土地與人民的歷史記憶」的施政理念不謀而合，故特別給予協助出版。

值福松兄新書出版之際，特為之序，並期望大家因閱讀而生活充實，也因本書而更熱愛生命、熱愛家庭，讓社會充滿陽光、正面能量，明天比今天更好。

推薦序二　寫作是勞動，也是簽名

詩人　徐慶東

福松兄又完成一本新作，我一個晚上就看完了，非貪快也，而是欲罷不能，太精彩！太精彩了！

說到福松兄的寫作，我老是想起台灣文壇前輩葉石濤常說的「寫作就是勞動」，每次想到葉老的話語，還是會感動不已。一個作家，把稿紙當成田畝，自己則是那揮汗耕耘的農夫，希望種植出人們心靈的不朽地糧，其心志是何其樸拙踏實而又振風浩蕩啊！另一則是我喜歡的作家，也是《情人》與《廣島之戀》的作者莒哈絲，她說得更坦率：「寫作就是我！」在寫作與我之間鏗鏘的畫下等號，別無他想。

我喜歡寫作的這種單純和執著，在福松兄身上我就看到寫作是勞動，也是簽名的影子。從我們相識，他就筆耕不輟，寫作簡直成了他的呼吸日常，至今可說是著作有一手臂之長的豐碩量了。相較之下，我則是個怠惰廢耕的不及格農夫，數十寒暑只收割五本單薄詩集而已。我自謂，要急起直追了，小子！

《後山小子的趣味事——蕭福松散文集》中的篇章，完全符應我平常帶孩子們寫作的風格理念，寫作的題材與靈感就來自於日常生活，如何在那些沙粒中去披瀝出含金的成分，然後串聯成屬於自己美學的項鍊墜飾。第一篇〈我的老媽〉就擄獲了我的心，運用白描的方式與日常對話，就把一位可愛老媽的形象雕塑出來了，這在寫作是何其不容易的功力啊！

母親今年九十一歲，姊姊們常開玩笑，當年母親生我時已是高齡產婦，所以身為老么的我，即使已居不惑之年，但在母親眼裡，永遠是她最小的小兒子。

每回陪母親去探望她的老友，她的姊妹淘總愛開母親玩笑：「大姊頭，這是您第幾個孫子？」母親知道他們在捉弄她，也不當一回事，揮揮手漫應道：「阮仔啦，最小的啦！」

母親雖然高齡九十一歲，但玩興不減，三不五時就打電話到我辦公室，問我幾時有空，好載她去兜風。我雖然是她么兒，但好歹也五十好幾了，可母親全不理會這些，電話打到辦公室來，開口就問：「黑面仔有在嗎？」

「黑面仔」是我小時候的乳名，外人根本不知，經母親這麼一洩底，同事除好奇我臉長得不黑，怎會有「黑面仔」這個小名外，以後竟也跟著老媽叫我「黑面仔」，存心糗我。

大姊在菸酒公司上班，逢年過節，公司都會送自家生產的啤酒給員工當福利品，大姊和大姊夫都不喝酒，全交給了母親。母親左思右想，送人嘛！不知誰喝酒；放冰箱嘛！又佔位子；不喝放久了，又怕過期糟蹋了，最後，乾脆自己喝了。這一喝，非但喝上癮，還讓她成了家喻戶曉的「台啤婆婆」。

僅摘錄幾段，就讓一位老媽的形象活靈活現地從文字中跳脫到我們眼前，幽默機靈又多才多藝，更不用說她與幼子間的情深意濃了。寫人物最怕平面化，化成一堆文字，竟撈不出一個人獨特面貌風格來。像在E.M.Foster《小說面面觀》一書裡說的，要寫得立體化，讓那些人物就像生活在我們周遭一樣。而曹雪芹的《紅樓夢》就是最成功的文本範例，書中的四百四十八個人物，每個人都各如其性、各如其分的與我們讀者直面相見和互動著。

我為什麼會作此種聯想呢，福松兄手下文字呈現的老媽形象，從我看第一回後，就映現腦海永世難忘。說不定那天朝我走來，在芸芸眾生間不須介紹，我就會直接喊出：「蕭媽媽，您好！」福松兄的文字功力和魅力，不得不令人驚嘆啊！

寫序，有如最高段的行銷員，以一篇美文招攬，希望讀者能邁步走進書中自己來品味其他篇什。光聽別人說好還不算數，必須得等到自己沉浸其中、遍嘗五味，方能說這真是書中美食也。但無疑的，這本《後山小子的趣味事——蕭福松散文集》會是我往後引導孩子們寫作時的範本教材。

推薦序三

畫家　沈禎

老同學又出新書了，這位傑出優秀的老同學蕭福松，初高中時代的摯友；匆匆過了半世紀歲月，彷若僅倏忽之間；現在的福松兄，果然已是位不折不扣、筆耕不輟的大作家了。

他這第十本著作《後山小子的趣味事——蕭福松散文集》出版之際，囑余為文，委實不敢當，可又卻之不恭。重責大任下，認真拜讀，禁不住歷歷往事，一一湧現；尤其是「感念生命中的貴人」一文中，有我們太多的共同記憶。當時的老師，如東師附小最嚴厲的方樹聲老師，東中高二時，溫文儒雅寫得一手漂亮毛筆字的田增斌老師，福松兄筆下，展現得如此溫馨感人；還有幾位老縣長的睿智與真誠待人的一面，讀來令人動容。

猶記得，福松兄自小就是同學心中有效率、坦率真誠而內斂的好同學。大學畢業後，立馬回饋家鄉，成了優質、樸實兼具的公務員。學生時代，他凡事認真的個性，無論待人、處事、言談、讀書，都是師長心目中的好學生；由於我們在某些方面的性情相投，如絕不口出三字經，加之內向、寡言等性格，使我們成為了好友。

可坦白說，我是個愛好藝術、喜歡畫畫，個性閒散的人，遠不如福松兄的積極。總以為與福松兄一起，近朱者赤，近墨者黑，親炙點勤奮氣息，感受些許高效率磁場，看能否讓自己厲害些？不容易呀！福松兄迄今，仍不改其志的始終如一，依然是我的標竿。福松兄過去筆耕，是他公餘之暇的遣興，現在退休了，依舊持續地以他「文以載道」的精神，積極傳播大愛，啟迪眾生，激勵年輕人。

福松兄書中的文章，都是他曾經發表於國內報章雜誌及香港《讀者文摘》上精彩作品的集結，內容取自他平日豐富多采的生活點滴，有親子互動、有求學過程、有當兵趣事以及在工作上的甘苦等等，讀來活潑生動，有如親歷其境，時而高潮迭起，時而溫馨感人，篇篇雋永精彩，生動詼諧；幽默風趣中逸趣橫生，具有極高的可讀性，令人回味再三。

由此看到福松兄的日常，充滿了睿智與靈動，這都歸功於他不斷的自我成長與充實；福松兄退休後，一直在大學兼課作育英才，既教書也擔任報社論壇主筆，議論時政，持續惕勵成長的精神，令人欽佩！

福松兄又囑余為此書配幾張圖，因數十年的交情，彼此相知甚深，大家已過耳順之年，各有不同的人生際遇，福松兄不改其志努力筆耕，我則一直浸淫於繪畫，找我畫幾張圖似應理所當然，只擔心誤了他的美文。

福松兄的妙筆，將許多小故事在不同時空背景下，生動的呈現，平實中見精彩，希望配圖也能沾點光彩。有這麼一位認真的好同學，真讓人引以為傲，值此新書付梓之際，除致上最真摯的祝賀！忝為老同學聊贅數言以為茲序。

自序

走過人生大半，自認很認真過日子，很怕哪天去見上帝，上帝說：「給你當人的機會，怎沒好好把握？」

比起其他生物，能夠當人的確是件很幸福的事，因為可以經歷很多事情，雖然免不了會有喜怒哀樂、悲歡離合的過程，但「不經一番寒徹骨，焉得梅花撲鼻香」，體驗之餘自也能長智慧，關鍵則在於是否能轉換思考、跳脫愁苦心境。

十八歲高中畢業那年，我到綠島公館國小代課，一個人孤伶伶地待在離村落有一段距離，既無電也無水的破漏宿舍裡。晚上看書需點油燈，雨天則要拿鍋盆接雨水，一到夜晚，海風嘯嘯，說不怕是騙人，我怕鬼，也怕脫逃的管訓犯來借宿。

第一個禮拜，我幾乎天天在驚恐、懊悔中度過，激動時甚至捶牆壁發洩情緒，但除了手痛，好像也不能改變什麼，於是告訴自己「算了吧！既來之則安之！」

心念一轉，彷彿觸碰到生命的開關，天地瞬間變得豁然開朗，我開始以嘗試冒險的心情，迎接所面對的一切。有了這番心理基礎訓練，往後無論遭遇任何艱難險阻，都能從容淡然處之，成長中的磨練，對我來說，就如同是心志毅力的淬煉。

我經歷過很多工作，體會自然更多，也慢慢養成欣賞的心態，抱著「看戲」的心情，玩味所看到、遇到的。人生本來就像一齣戲，有時自己演，有時看別人演，有時當主角，有時跑龍套，有時台上演，有時台下看，雖不至於輕佻、遊戲人間，但笑看人生應也是一種享受吧！我常開玩笑說「天塌下來，個子高的頂」，我個子不高，所以從來不操那個心。

我不算成功人士，但我活得逍遙自在，我讀書教書、寫作兼評論時事、把游泳當運動也當心靈復健，無聊時彈琴自娛，製造點音響。我不浪費時間，不讓生活單調，總會把無趣變有趣，自娛也娛人，《後山小子的趣味事——蕭福松散文集》，其實就是我一連串糗事、趣事、漏氣事的快樂回憶。

母親是地球上和我相處最久的人，直到民國一〇六年七月一日，才以高齡一〇三歲辭世。母親個性很強，生命力更強，即使年過九十，還是活力十足。我常和她「鬥嘴鼓」，更常在她面前耍寶、逗弄她，因此挨了不少報紙捲及扇子的突然回擊，不是我皮癢討打，而是想測試她老人家的反應力，幸好她一直老神在在，沒得老人癡呆症。

母親的生活趣事很多，我為她寫〈可愛老媽〉，投稿台灣綜合研究院《源》雜誌。主編特地回函表示，〈可愛老媽〉一文風趣幽默，文中溫馨親情展露無遺。〈可愛老媽〉一文，也是我對母親最好的回憶和懷念。

〈網路＋愛心　尋回三十五年的單車友情〉一文，則是無心插柳之作。原先只是想尋找老友，沒想到卻引出一段網路故事來。由於和香港有關，便投稿到香港《讀者文摘》，很快獲得回應，並要我提供相關資料，確認是真人真事，而非杜撰故事。由此，亦可見《讀者文摘》審稿之嚴謹，我也獲得此生最豐厚的稿酬，新台幣一萬二千元的稿費，結果分三次和好友餐敘慶賀，分享光了。

我寫文章不是為賺稿費，而是希望傳達一些觀念，並和讀者分享我的工作經驗和人生體驗。我寫成長故事、求學過程、當兵趣事及工作甘苦等，其實都是很多人的共同經驗，只不過借我之手，幫大家喚醒記憶。

我很感念上蒼在我人生啟蒙之初，給了我很多磨練、淬煉的機會，讓我從中學到很多、成長很多。也感謝出現在我身邊的人，不論是家人、好朋友、好同學，以及影響我至深的貴人們，都是上天的巧安排，讓我的生命得以充實豐富。

我很喜歡一句話——「榮枯事過都成夢，憂喜心忘便是禪」，經歷過宦海浮沉，體會尤其深，也讓自己能看輕看淡一切。只有走過風雨，才能領略恬靜之美，只有嘗遍人生滋味，才能感受生命的美好。我自認腦袋不怎麼靈光，索性讓自己傻到底，也因腦袋放空、心情放鬆，更能盡情地享受老天賜給我的種種際遇。

很感謝國立台東美學館協助本書的出版，也感謝李吉崇館長及徐慶東老師的序文美言，增添不少光彩。特別是我的好同學沈禎，他現為元智大學人文社會學院講座教授，百忙中不但幫我題字寫序，還一口氣畫了好幾幅生動有趣的插畫，讓本書增色不少，在此一併致上最誠摯的謝意。

目次

01 可愛老媽

座椅前面是一整片大鏡子，我抬頭一看，正映著母子倆身影，但見老母親手拄著拐杖，臉向著我，默默地看著我，眼神裡盡是對她寶貝小兒子的關愛，那一幕「老母慈愛」畫面，很令我感動。

母親今年九十一歲，姊姊們常開玩笑，當年母親生我時已是高齡產婦，所以身為老么的我，即使已屆不惑之年，但在母親眼裡，永遠是她最小的小兒子。

每回陪母親去探望她的老友，她的姊妹淘總愛開母親玩笑：「大姊頭，這是您第幾個孫子？」母親知道她們在捉弄她，也不當一回事，揮揮手漫應道：「阮仔啦，最小的啦！」

小兒允庭和母親相差整整八十歲，每次接母親外出時，我故意留在車上，要他下車去接阿嬤。允庭個性開朗又活潑，當然十分樂意攙扶阿嬤。但偶而碰到心情欠佳時，就會嘟著嘴抗議道：「爸爸，為什麼老是我牽阿嬤，您就不下車？」

我說：「乖兒子，她是你阿嬤啊！」沒想到這小子倒也靈光，馬上回應說：

「她是您媽媽耶！」

嗯！說得不無道理，只好乖乖下車，父子倆一左一右，一起攙扶老母親。鄰居看到這情景，常打趣說：「看你們父子一左一右攙扶老媽，很像小李子伺候老佛爺。」說的也是。想像祖孫三代走在一起，倒是挺溫馨的畫面。

祖孫三人合影，母親和允庭相差整整八十歲

母親雖然高齡九十一歲，但玩興不滅，三不五時就打電話到我辦公室，問我幾時有空，好載她去兜風。我雖然是她么兒，但好歹也五十好幾了，可母親全不理會這些，電話打到辦公室來，開口就問：「黑面仔有在嗎？」

「黑面仔」是我小時候的乳名，外人根本不知，經母親這麼一洩底，同事除好奇我臉長得不黑，怎會有「黑面仔」這個小名外，以後竟也跟著老媽叫我「黑面仔」，存心糗我。

聽母親說，我剛出生時，全身呈黑紫色，腦袋瓜左側還有個像紅番茄的小東西。但因剛生下我，人很累，瞄了一眼便睡過去了。等醒過來，紅番茄不見了，倒是臉還是黑黑的，「黑面仔」就是產婆叫出來的。產婆看我臉黑黑的，以為是「包青天」來轉世，跟母親說我是奇人異相，我心裡想：「八成是缺氧吧！」

母親很喜歡種花，小院子裡的花花草草都是她的傑作，兩棵種了二十幾年的聖誕紅和芭樂樹，長得十分高大，成為母親住家最顯著的地標。尤其土種小芭樂，小小黃黃一顆，香氣很是濃郁，聽說還可以當藥材。常有路人經過跳躍著想摘採，母親見狀便會拿出竹竿來，要路人自行摘採，也因此結識了不少老小朋友。

除了種花蒔草外，母親也喜歡到海邊撿石頭，院子裡就擺了一堆她的「戰利品」。閒來沒事，這邊搬那頭，那頭搬這邊，搬來搬去的，很像古代搬磚頭健身兼養性的陶侃。問她幹嘛那麼麻煩，她說看不順眼就調整位置，有時一日數變，還真是童心未泯呢！

石頭都是母親到海邊親手撿的，後來年紀漸漸大了，子女們怕她不小心會閃到腰，便要她只要下達口令即可，不用動手。於是不管大小石頭，只要她看上眼的，拐杖一指，幾個跟班的子女，便得想辦法弄上車載回家。

有一回，二姊的準女婿到家裡來，母親搭他們的車到海邊玩。在海邊，她看中一顆形狀花紋都很不錯的石頭，拐杖隨手一指，只差沒喊：「來人呀！」

外甥女一看，媽咪呀！重達十幾公斤的大石頭，竟要她未來的另一半搬，怎忍心呢？

便跟母親撒嬌說：「阿嬤，石頭太大了啦！家裡院子擺不下。」

母親回說：「不會啦！我自會想辦法。」

轉頭問準孫婿：「少年耶！幫阿嬤搬回去好嗎？」

小夥子哪敢說不，屈腿彎腰，使盡吃奶勁，費了九牛二虎之力，好不容易把石頭抱上車。大夥兒都為他叫屈，小夥子倒蠻懂事的，靦腆笑說：「沒關係啦！幫阿嬤拿東西是應該的。」

大姊在菸酒公司上班，逢年過節，公司都會送自家生產的啤酒給員工當福利品，大姊和大姊夫都不喝酒，全交給了母親。母親左思右想，送人嘛！不知誰喝酒；放冰箱嘛！又佔位子；不喝放久了，又怕過期糟蹋了，最後，乾脆自己喝了。

這一喝，非但喝上癮，還讓她成了家喻戶曉的「台啤婆婆」。

母親八十幾歲不用戴眼鏡，還刺繡參加地方美展，媒體報導後，竟引起注意。繼而發現母親把啤酒當飲料喝，覺得很有趣，便爭相報導，連電視台也來採訪。母親還大方地和採訪的記者互敬，大聲喊：「乎乾啦！」大家都覺得這八十幾歲的老阿嬤很風趣。後來，菸酒公司找母親拍平面廣告，廣告詞就是「台灣啤酒——尚青」。

母親常自己弄小菜，一邊小酌，一邊看電視，愜意得很。也不曉得是啤酒花作用，還是如她所說，祖先有荷蘭人血統，一頭白髮竟變成金黃色，很漂亮。

八十八歲那年，她一度住院，在病房裡，護士小姐最喜歡幫她梳頭髮了，說母親一頭金黃色的長髮很漂亮。母親還發下豪語，等她出院後，要請這些照護她的護士小姐喝啤酒。可惜，出了院，醫生下達禁酒令，她的「啤酒之約」，只好爽約了。

母親除寶貝她那一頭金髮外，也很重視保養她的手指和腳趾頭，有事沒事就塗豔紅指甲油，很醒目。姊姊們見狀直呼不可思議，因為她們從來就沒有塗指甲油習慣，倒是母親很泰然自若地說：「沒什麼啊！很好看啊！」

但母親也有遺憾之處，就是沒了牙齒，她又不習慣戴假牙，嘴巴看起來癟癟皺皺的，常問我：「沒牙齒很難看吧？」我說：「不會啦！只是看起來很像老了的大力水手。」

母親知道我在調侃她，也回道：「別笑我，等你到了我這把年紀，也是這副模樣。」每次帶她外出時，都會和姊姊們特別提醒她：「吃飯的傢伙帶了沒？」

母親除愛喝啤酒外，另一嗜好就是愛玩四色牌。但這個年頭，有幾人會玩「古早時代」的四色牌，她便親自調教起大姊和二姊來。

每逢週五晚，便吆喝大姊、二姊陪她玩。剛開始，姊妹倆常是「繳學費」陪她玩，後來牌藝漸精，偶爾也小有賺頭，只是到最後，還是全給母親贏了回去。她們自嘲道：「真是花錢又『了』（浪費）時間。」

不過，看老人家玩牌時，一副全神貫注、殺氣騰騰模樣，知道老媽子最起碼不會得老人癡呆症，一點小犧牲也不算什麼啦！

除夕夜，大夥兒包了個大紅包送給母親，她樂得笑呵呵，直對我們姊弟講述小時候發紅包給我們的趣事。講得興起，還拍拍她鼓鼓的腰際說：「紅包還是放在這裡最安全。」

老人家不脫傳統保守的老習慣，親手縫製了一條肚兜，有點像阿兵哥的S腰帶。所有她認為寶貝的家當全放裡頭，當然都是輕便之物，現金、戒指、手飾啦！

都九十幾歲的老人家了，身體健康，高興就好。錢財是身外之物，她綁在腰際也沒錯，只要不連人帶錢給小偷抱走就好。

母親家對面新開了一間理髮店，老板娘和母親混熟了，常會帶母親到她店裡洗頭，順便幫母親按摩。由於服務親切，收費公道，母親再三推薦，一定要我也到那家理髮店光顧。

禁不起母親再三耳提面命，我答應了，可她還不放心，非得親自押著我去不可，幸好店裡沒有其他客人。

母親就坐在旁邊理髮椅上，看著老板娘幫我理髮，還自誇地對老板娘說：「阮仔蓋煙斗喔！」。

當下，我巴不得找個地洞鑽進去躲起來。

心裡不禁叫苦：「老媽呀！怎不想想您兒子幾歲了？都滿臉皺紋，只差還沒資格當阿公，哪來煙斗不煙斗的？」

座椅前面是一整片大鏡子，我抬頭一看，正映著母子倆身影。但見老母親手拄著拐杖，臉向著我，默默地看著我，眼神裡盡是對她寶貝小兒子的關愛。

那一幕「老母慈愛」畫面，很令我感動，隨手拿起手機拍了下來，弄成桌面，時時看、日日看，百看不厭。

02 吾兒孽子

寶貝兒子在他媽媽肚子裡的時候，就顯露調皮的一面，常看他隔著肚皮從左滾到右，再從右滾回左，好像在表演翻滾特技，小拳頭還清晰可見，有時真擔心他會不會撐破肚皮蹦出來。

我很喜歡小孩，喜歡小孩的天真無邪、快樂活潑，堅信小孩是上天賜給每位父母親最寶貴的禮物。

四十四歲時，老婆生了寶貝兒子，我喜出望外。她說懷孕生小孩很辛苦，自嘲是「高齡產婦」，我忙巴結地附和：「是啊！是啊！妳要是高齡產婦，我就是高齡產夫。」被她賞了個大白眼。

老婆邊哄著襁褓中的兒子，隨口問：「我在產房痛得受不了的時候，你在哪裡啊？」不待我開口，女兒搶著回答：「爸爸在走廊吃便當。」

哇咧！怎可出賣妳老爸？看老婆一雙牛眼瞪得好大，忙陪笑說：「她也有吃啊！」拉女兒下水，好歹可減輕罪責，那時女兒才五歲。

中年得子是人生一大樂事，照老一輩的說法，是「捧斗有人」，對列祖列宗也算有了交代，老婆當然是居功厥偉。由於在地方小有名氣，媒體爭相報導我生兒子的新聞，大多是「弄璋之喜」、「喜獲麟兒」，有幾報則是「老蚌生珠」、「老來得子」，害我忙找鏡子瞧瞧，真有那麼老嗎？

寶貝兒子在他媽媽肚子裡的時候，就顯露調皮的一面，常看他隔著肚皮從左滾到右，再從右滾回左，好像在表演翻滾特技，小拳頭還清晰可見，有時真擔心他會不會撐破肚皮蹦出來。

懷孕八、九個月的時候，醫生提醒老婆要減少食量，因為胎兒似乎長得很快，老婆遵囑不敢多吃。但不曉得是兒子貪吃，營養吸收太好，還是另有其他原因，越接近預產期，竟越長越大，最後沒辦法，只好剖腹產了。乖乖！體重竟然四二〇〇公克，是醫院同梯次出生的嬰兒群裡面最大隻的，很多人還爭相參觀呢！

手長腳長是必然的，因為老婆身高比我「略高」幾公分，但連頭也大，頭圍五十二公分，這下可好玩了。買合身的衣服，頭塞不下，買頭塞得下的衣服，肩膀又露出來，女兒見狀常笑說：「弟弟好性感喔！穿露肩裝。」其實是頭太大啊！

大概頭大又重的關係，每次看他翻身起床，都是屁股朝上翹高高的，然後利用腰力帶動起他的大頭，總要費番勁，躺下則很快，頭一仰，人也栽了。好友每次看到他，遠遠就喊：「大頭。」然後接著唱：「大頭大頭，下雨不愁，人家有傘，我有大頭。」

大頭症維持了一、兩年，到了三、四歲時，頭型慢慢正常，但也開始作怪了，他好玩好動又好笑，笑起來可說是恣意豪放、肆無忌憚。一晚約九點左右，兩個警察上門說：「有人檢舉你家小孩笑太大聲了。」嚇！還真不是普通的誇張。

下班後，我常帶小孩到體育場運動，我慢跑，姐弟倆在遊戲區玩耍。我遠在二百公尺外的另一端，竟還聽得到他狂肆的笑聲，那時真想幫他改名叫「蕭（囂）張」。

上了托兒所，腦筋漸開竅，也開始會耍心機。一天放學回到家，老婆正在煮飯，小鬼頭一進到廚房，開口問：「媽媽，妳會熱嗎？」老婆回：「不會啊！」「可是我很熱耶！」、「熱就喝開水吧！」老婆隨手倒了杯開水給他，他喝了，又說：「媽媽，我還是熱。」老婆再倒一杯。

他面有難色說：「媽媽，開水沒味道。」

老婆問：「那你想怎樣？」

只見他指著冰箱說：「我可以喝舒跑嗎？」

要喝舒跑又怕被拒絕，拐彎抹角盧半天，還真會耍心機。

寒冬假日，全家到太麻里金針山玩，山上氣溫很低，姐弟倆在友人的農莊玩得滿頭大汗，老婆要他們趕緊把汗擦了。這時，小鬼頭率先發難了，指著透明冰箱問：「媽媽，我可以吃冰淇淋嗎？」老婆說：「天氣冷，不要吃。」

「可是我很熱耶！」拉著老婆的手又是扭身又是跺腳，一副耍賴模樣。友人看了好笑，便說：「好啦！伯伯請你吃，但吃了不能再吵你媽媽喔！」

小傢伙拿了冰淇淋，興高采烈又玩去了。

一會兒又跑回來，「媽媽，我還想吃冰棒。」

老婆說：「你不是才吃冰淇淋？」

「可是我又渴了啊！」

老婆說：「不行。」

於是他又使出一貫的奧步技倆，威脅說：「我要回家。」

老婆問：「為什麼？」

他說：「我冷靜不下來。」

哇！才一年級的小屁孩，就會使用「冷靜」這個詞。

友人給老婆使了個眼色，逗著問小鬼：「給你吃冰棒，你就會冷靜下來嗎？」

「是的。」他肯定地點點頭。

於是友人拿了支冰棒給他，他禮貌地道了謝，果然安靜下來，又玩去了。

不多久，又跑回來，拉著老婆的手說：「媽媽，我要回家。」

老婆問：「又怎麼呢？你不是說吃了冰棒，就會冷靜下來。」

他打著哆嗦說：「我吃了冰棒，覺得好冷。」真是敗給他了。

上了托兒所大班，他開始學做家事，負責清理垃圾，等垃圾車倒垃圾，有時也幫忙洗碗，每月工資三十元，他很認命也很認真地做。

上了小三，有一天，問老婆：「媽媽，我可以加薪嗎？」

老婆倒很爽快：「可以啊！五十元。」

他高興的手舞足蹈，直喊：「耶！耶！我加薪了，我加薪了。」令人發噱。

上了小學開始學ㄅㄆㄇ，知道爸爸的注音是「ㄅㄚˋ˙ㄅㄚ」、媽媽是「ㄇㄚ˙ㄇㄚ」。有時心血來潮，竟直接叫我「ㄅ」、叫他媽「ㄇ」，我們聽了，覺得很親暱、很好玩，外人就一頭霧水了。

他生肖屬豬，不脫豬好吃能吃的本性，嘴巴又特別甜。如果他想吃館子，就會對他媽媽說：「媽媽，您不要太辛苦，我們到外面吃就好。」

如果他想在家裡吃，又會諂媚說：「媽媽，您煮的是世界上最好吃的，我最喜歡吃媽媽煮的菜。」

萬一那一餐，沒有他中意想吃的，便會像鴕鳥一樣，把頭埋進沙發，悶聲喊：「都煮你們愛吃的，乾脆餓死我好了。」讓人好氣又好笑。

他跟他姊姊相差五歲，不知是上輩子仇人今世再相逢，還是天生頑皮，每次他姊姊在客廳專心寫作業，他經過時，不是拉一下她的頭髮，就是扯一下她的衣服，氣得他姊姊哇哇叫，少不了討一頓打，然後再哭喊「姊姊打我」——活該。

他還小，體型和姊姊自然有差距，武鬥沒勝算，便在嘴皮上逞強，竟跟他姊姊取了三個綽號：一、「大粒蝸牛」——意謂姊姊體型巨大又動作緩慢；二、「煙硝女」——暗示姊姊抽菸，身上有煙味（分明就是栽贓）三、「硬頭姊」——說姊姊頭殼很硬，很難溝通。果然狗嘴吐不出象牙，難怪常常討打。

這小鬼佛心來著，有一天也好心幫我取了個別號，叫「打虎英雄」，聽起來蠻威武的。不過，不是《水滸傳》裡「三碗不過崗」的武松，而是拿蒼蠅拍專打壁虎的在下——福松。

小二有次逛百貨公司，他自己挑了個小錢包，把做家事工資及零用錢，全塞進他的小錢包裡，有事沒事就拿出來數數，得意的說他有多少存款了。

一回，我急著付人款項，身上沒小鈔，老婆也沒零錢，便找他借錢，這時我才領教到什麼叫做「一個錢打十八個結」。

小鬼面有難色地說：「這是我辛苦存的耶！」

我說：「爸知道，回頭就還你。」

「可是借給你，我包包就沒有錢了。」

「不會啦！爸還給你，錢又回去啦！」

為了取信他，我說：「這樣好了，先借爸週轉，利息給你一百元如何？」

這可是豐厚的高利貸耶！只見他還是苦著一張臉：「好是好，可是我實在捨不得。」——典型的「小氣財神」。

不過，等他上了四年級，常獲獎拿圖書禮券，倒很慷慨送我幾張，然後父子倆一起去逛書店買書買文具。

我和兒子感情很好，他也的確很乖，但大概承襲我愛搞怪的遺傳，三不五時也會出奇不意地讓我出糗。

友人看我常和兒子鬥嘴嬉鬧，好奇問：「你是怎麼教養小孩？」

我隨口答：「該罵就罵，該修理就修理。」

兒子一聽到「修理」這個敏感字眼，脫口說：「爸爸有暴力傾向，我常被家暴。」

友人不可思議地看著我：「真的？」

我還來不及反應，兒子又喊說：「假的啦！」然後，一溜煙跑掉。

我叫：「孽子，回來。」

他頭也不回，竟回了句：「孽父，不要。」

全家去看花海，小調皮特地摘了朵花別在他媽媽的頭髮上

03 愛哭囡仔

當一旁指導老師指揮小朋友開始帶動唱時，但見我那寶貝女兒突然「哇！」的一聲，就地大聲響起警報來。顧不得眾目睽睽，我一個箭步跨上台，趕緊把哭得正起勁的女兒給抱下台來，台下則是一陣哄堂大笑。

小女涵瑜四歲時，送她上幼稚園。第一天上課，就像很多初次上學的小朋友一樣，哭得唏哩嘩啦！

老師說：「沒事，剛離開爸媽，總會不習慣的，過兩天就好。」

看看其他小朋友，也是一個樣，有的小朋友甚至緊抱著媽媽的大腿，哭聲淒厲地喊說：「媽媽，拜託妳不要把我丟在這裡好不好？」聲淚俱下，令人聞之鼻酸，再看年輕媽媽也是個個眼眶泛紅，一副不捨模樣。

乍看這番景象，不像是高興送小朋友來快樂上學模樣，倒像是戰亂逃亡，親人面臨生離死別的悲慘情景。環顧周遭，都是同樣場景，心想，再和女兒耗下去的話，難不成我也要留下來陪她「伴讀」了。

其實，就有媽媽因不忍心小孩上學哭哭啼啼，乾脆留下來當志工，這倒是很不錯的主意，但應只限專職家庭婦女才行。

不採取斷然措施是不行了，便回頭對涵瑜說：「乖女兒，好好跟小朋友玩，放學後，爸爸帶妳去吃麥當勞，好不好？」也不管她聽不聽得進去，掉頭就走。

才走沒幾步，便聽到她呼天搶地嚎啕哭聲，大喊著：「爸爸，你要去哪裡？等等我啊！」拔著小腿便追過來。但見老師伸手一攔抱住，對我使個眼色，意謂「沒事」，我趕緊逃之夭夭。

下午接她放學，情況果然大有改觀，手舞足蹈地直跟我述說跟小朋友玩溜滑梯、盪鞦韆很好玩，又認識幾位新朋友。我笑問她：「上學好玩嗎？」她天真地答：「好玩。」

「快樂嗎？」、「快樂。」再問：「喜歡上學嗎？」、「喜歡。」

聽女兒興高采烈地回答，我甚感欣慰，畢竟她克服了上學恐懼症。此後，連續兩天，她都是高高興興上學，快快樂樂回家。

豈知第四天開始，又不知哪條神經不對勁了，總要偏勞老師連哄帶騙，連搶帶抓，才能把她抱進教室。

聖誕節前夕，幼稚園舉辦聖誕晚會，女兒也粉墨登場，扮起小天使，全家人都出動，一方面是捧場打氣，一方面是驗收學習成果。

小禮堂裡，人聲鼎沸，好不熱鬧，小朋友更是興高采烈地鑽來鑽去，輪流上台表演，家長們則都齊聚台下，爭相為寶貝孩子拍照，閃光燈此起彼落，增添不少熱鬧歡樂氣氛。

輪到涵瑜他們這班「小羊班」上台表演，她就站在前排正中央，頗醒目的，想來應是擔綱主角角色吧！心裡正暗自竊喜。

豈知當一旁指導老師指揮小朋友開始帶動唱時，但見我那寶貝女兒突然「哇！」的一聲，就地大聲響起警報來。

我正拿著相機對焦，準備伺機按下快門，一看這「凸鎚」狀況，也愣住了，「那ㄟ按呢？」回頭看看老婆，她朝我聳聳肩，也一臉無奈，不曉得如何是好？

台下觀眾笑翻了，有人笑道：「哈，可愛小天使變成愛哭小天使了。」

我一看台上，小朋友正隨著輕快音樂，快樂活潑地跳著唱著，唯獨我家寶貝女兒就杵在那裡，一動也不動，使勁地一把鼻涕一把淚嚎啕大哭。說真的，實在有夠破壞畫面的。

心想，再不趕快把她抱下來，恐怕會犯眾怒、鬧大笑話了。顧不得眾目睽睽，我一個箭步跨上台，趕緊把哭得正起勁的女兒給抱下台來，台下則是一陣哄堂大笑。

在休息室，涵瑜兀自哽咽抽搐著，眼淚鼻涕雙管齊下，眾人看得好笑。便有人問：「她是遺傳誰啊？怎那麼愛哭？」

老婆看看我，不置可否，我忙舉手自首：「是我。」

好友看我平時笑口常開模樣，怎麼想都無法和「愛哭」連想在一起。

小時候，我愛哭是出名的，大概生性害羞又內向自閉，只要換個陌生環境，二話不說，先哭上一場，算是自我調適吧！

記得小學四年級時，全家從基隆搬到後山的台東，我也從基隆的南榮國小轉學至台東師專附小。才換個新環境，心裡就有點忐忑不安，再看教學及上課方式完全不同，心情更是沉重緊張。

第一天上課，老師介紹我是新來的同學，要小朋友好好照顧我，緊接著，要我上台自我介紹。從來沒有上台經驗，只見底下烏壓壓一片，幾十對眼睛緊盯著我，我心情一緊張，只覺得腦筋一片空白，頓時，「哇！」的一聲哭出來。老師大概從來沒有見過這樣愛哭的學生，一時也不知所措，忙安慰說：「別哭，別哭，等你習慣了再說吧！」

過沒幾天上音樂課，音樂老師點名我上台在黑板上畫音符。以前從沒上過音樂課，怎知豆芽菜長個什麼樣子？五線譜認得我，我卻不認識五線譜，哪會呢？

站在台上發愣了好陣子，老師等著我畫音符，同學等著看我出糗，怎辦呢？心裡一急一慌，不自禁地又失聲痛哭出來。

但顯然我的哭聲不怎麼好聽，音樂老師搖搖頭，只好叫我下台。

連續兩場即興演出，讓同學大開眼界，原來新同學那麼愛哭。「愛哭仔」、「哭王」稱號不逕而走，只是實在不怎麼好聽。

現在回頭看女兒這副「愛哭」德性，顯然盡得本人遺傳，真有「乃父之風」也！

愛哭囡仔不哭的時候，其實蠻可愛的

04 憶讀書會

只要老師規定的作業一做完，橡皮筋、紙飛機、抱枕、坐墊便滿天飛舞，丟來丟去的；柔道、摔角、跳箱、翻滾全都來，為了安全起見，我們都會輪流到樓梯口把風，好讓大夥兒盡興地玩。

別以為「讀書會」是近幾年才興起的玩意兒，其實，早在民國六〇年代，我唸台東東師附小六年級的時候，當時的導師方樹聲老師，就已經有小團體課業輔導的概念。

班上同學有六十二位，城鄉差距是沒有，但成績高下倒是有。為了幫學習成績較差的同學能跟上，同時，也不希望我們這些小蘿蔔頭每到假日就到野外瘋，荒廢了功課。方老師就協商一些經濟情況較佳的家長，提供寬敞客廳做為同學們週日聚會讀書的場所。

那時節，唸初中得參加競爭激烈的升學考，因此，「讀書會」構想提出後，立即獲得家長們熱烈響應，極力推動。只是這下苦了我們，每逢週日還得照常背書包上學，但不是到學校，而是到同學家，心裡當然老大不願意。

我們這一組有六個同學，我成績最好，老師便指定我當組頭，負責指導同學功課，並兼負監督之責，不許同學翹課、偷溜或戲耍。當然，更不能有調皮搗蛋行為，以免壞了老師「教導不嚴」名聲。

我負責的這一組，被安排在一位家裡開設鐵工廠的同學家裡，廠房夠大，客廳更不用說，足夠六隻潑猴翻滾。儘管在學校，大夥兒都打鬧在一起，可一旦到了別人家，好歹得收斂點，免被罵沒教養。

「讀書會」剛開始的時候，同學們一如在學校上課一樣，低聲交談，認真寫作業，方老師也三不五時會來「巡堂」。小組同學碰到同學家人，也是「伯父」、「伯母」、「爺爺」、「奶奶」、「大哥哥」、「大姊姊」，叫得好不親熱，同學家人更高興，家裡多了些小鬼頭鬧哄哄的，很是熱鬧。

同學爸媽安排我們在二樓一間日式榻榻米客房唸書，房間約有十坪大，很是舒適安靜。但小孩子畢竟屁股尖尖、不耐久坐，尤其功課做完了，二樓又沒有其他人，老師也沒有在旁邊監管，便慢慢現出「猴形」。

只要老師規定的作業一做完，橡皮筋、紙飛機、抱枕、坐墊便滿天飛舞，丟來丟去的；柔道、摔角、跳箱、翻滾全都來，反正日式榻榻米的房間夠大。不過，為了安全起見，避免給老師「抓包」，我們都會輪流到樓梯口放哨「把風」，好讓大夥兒盡興地玩。

但室內畢竟不如屋外的空間開闊，三不五時，我們便會溜下樓到外頭透透氣、曬曬太陽。廠房空地上有一處鱉池，同學爺爺養了不少鱉，大概是養來喝鱉血養身的吧！

鱉池裡，大大小小的鱉，不下一、兩百隻，小鬼們先是圍在池邊觀賞，但總覺得不過癮，身為主人的同學大方地拿出幾支釣竿，大夥兒來個即興釣鱉比賽。有同學鱉釣上來又掉下去，連續幾次都沒釣著，索性褲管一捲，下池抓鱉了。

這一來，大夥兒群起傚尤，也跟著捲褲管、下池抓鱉了，把個鱉池攪得天翻地覆、雞飛狗跳。嬉鬧聲驚動了「鱉主」，只見同學爺爺拄著拐杖，吹鬍子瞪大眼，氣呼呼地趕過來，眾人一陣驚呼，急做鳥獸散。

後來，每當週日「讀書會」時，同學爺爺就會坐鎮池邊，不讓小鬼們越鱉池半步。但只要一得空，趁爺爺外出不在時，大夥兒還是會偷溜到鱉池去玩鱉。

「讀書會」進行了一段時間，成效不錯，家長們都很滿意，因為有同儕的相互指導鼓勵，學習效果更好，一些成績較差的同學也都明顯進步。最難得的是，因同學和彼此家長都熟識，建立了很好的感情，即使長大成人，都成家立業了，對同學家長的敬意未曾稍減。

在經濟不是十分富裕的年代，同學們由排斥「讀書會」，到最後期盼週日的「讀書會」來臨，除了一起寫作業、討論功課，這當然是主要目的外，另一附加價值，則是被方老師拜託當「爐主」的家長，看到小鬼們專心讀書，認真討論功課模樣，就會煮綠豆湯，做包子、饅頭，犒賞慰勞我們，大夥兒也樂得有免費的點心吃。演變到最後，「讀書會」倒變成引子，目的都是為了吃好吃的點心。

05 家有賤狗

我正不知所以然，回頭一看，我的媽呀！教室裡狹窄的走道竟塞滿了狗，我趕緊閃進我的座位，拉蒂跟著來，一群瘋狗也擠上來湊熱鬧。

日本卡通「家有賤狗」裡的那隻賤狗很會搞笑，常讓人啼笑皆非。我家也有隻賤狗，搞笑是不會啦！不過有次跟我出了個「大狀況」，讓我不但顏面盡失，還挨了老師一頓罵，氣得只好罵牠「賤狗」出氣。

我們家的賤狗出生在七〇年代，可說生逢其時，當時正上演家喻戶曉的「梁山伯與祝英台」電影，是由反串男生的凌波和素有「古典美人」之稱的樂蒂所主演。這部黃梅調古裝愛情片不知賺了多少人眼淚，在台東大同戲院一連上映六十天聲勢不墜，好多媽媽小姐是帶著手帕邊哭邊看，看一回哭一回，哭完又繼續看。

生長在那個猶十分保守的年代，梁祝的堅貞愛情在我小小心靈裡，起了很大的作用，幻想著有生之年，若能有段刻骨銘心、纏綿迴惻之愛，最後像梁山伯與祝英台一樣，死後化作蝴蝶比翼雙飛、羽化成仙，多美啊！

想歸想，夢歸夢，不過那時候，我只是才十一、二歲大的小毛頭，哪懂得人世間的偉大愛情，也不過是跟在大人屁股後面看免費電影罷了。

電影情節確實感人，而樂蒂的美貌更讓我驚為天人，幻想著有一天若能娶個像樂蒂一樣，如花似玉的美嬌娘為妻，那真是夫復何求，此生無憾矣！

可現實裡，瞧瞧自己這副長相，恰似「范進中舉」故事中，他的老丈人數落他的「癩蛤蟆想吃天鵝屁」。只好安分點，乖乖當個好學生吧！

梁祝電影上映期間，剛好有人送來一隻可愛的小狗。全身金黃色，尾巴夾雜著一撮黑毛，蓬蓬鬆鬆的很好看。聽大人說，好像是狐狸狗和土狗配種的，所以外型較接近狐狸狗模樣。小孩子最喜歡養狗了，我也不例外，便留下來了。

那時，大姊秀鳳已唸高中，大哥福隆和二姊秀雲也上初中，我唸小學五年級。三位兄姊對養狗沒興趣，就由我負責「包養」了。當然，也由我命名，左思右想，取什麼名字好呢？

如此漂亮秀氣的一條狗，總不好再取「小黃」、「來福」、「庫洛」、「瑪莉」，如此通俗名字吧！便想到我的「夢中情人」樂蒂，何不取名「樂蒂」，以表我思念、愛慕之情。

樂蒂也是二姊偶像，她第一個反對，將小狗取名「樂蒂」，有褻瀆、侮辱明星之嫌，要我另取他名。但取啥好呢？既要名符其實，不能取得太粗俗，又要考慮我的基本主張，兄弟姊妹四人煞有介事的討論一番。還是大姊書唸得多，她說：「乾脆叫拉蒂好了。」

好主意，既不背離基本原則，又符合事實需要，於是，「拉蒂」正式成了我們家的一份子。我也不再是老么，升格為「老四」了，因為總算有比我「輩份」小的，可以供我差遣使喚的。

「拉蒂」很乖巧聽話，我餵牠吃飯，幫牠洗澡，帶牠溜街散步，感情好的不得了。每當放學回家一看到我，便撲上來要我抱抱，尾巴甩得像裝了電動馬達一樣，平時更是跟前跟後，像跟班又像保鑣，羨煞好多同學。

但或許跟慣了，連上學牠也要跟，偏那時候，班導是個嚴肅古板的老學究，豈容許跟班「伴讀」，拉蒂也只好識趣地蹲在教室外。但老師又嫌礙眼，便會叫我把牠帶回家再回教室上課。幸好那時家住博愛路，距離學校不遠，來回跑個十幾分鐘，也夠把拉蒂打發回家。

就這麼過了一段時日，有道是「吾家有女初長成」，拉蒂在半年後，也卓然有成，成了亭亭玉立的少女狗。平常門可羅雀的家門口，一下子聚集了好多「黑狗兄」，在門口徘徊不去，偶而，還見爭風吃醋狗咬狗的場面呢！

我那時年記小，不知道是怎麼回事，只覺得一大群瘋狗吠來吠去的，很吵，三不五時，還得出來驅趕，不勝其煩。

這天一大早，我背著書包要上學去，拉蒂又想跟班。鑒於前幾次，都挨老師罵，再不敢縱容讓拉蒂跟去，可家裡又沒有狗鍊繩子的，總覺得把狗綁起來不人道，一直讓拉蒂自由來去，但現在要上學牠又要跟著去，怎麼辦呢？

好說歹說，牠就是不聽，執意要跟，我做勢打牠，牠稍微退後幾步。我一轉身，牠又跟上來，我俯身撿石頭假裝要丟牠，牠夾著尾巴，倏地溜掉了。我以為已擺脫牠了，豈知才轉個巷口，牠竟又跟上來了。

可這回不一樣，一條狗怎麼變成一群狗？拉蒂還當領隊呢！只見拉蒂跑在最前頭，七、八隻公狗緊跟在後，亦步亦趨的，再看，有大膽好色的，竟趨前嗅聞拉蒂的屁股。我那時雖少不經事，但知道那是母狗發情，公狗求偶之兆。

我一看「狗勢洶洶」，不好玩，拔腿就跑，反正距校門口已不遠，諒這些狐群狗黨也不敢擅闖校門。豈知當我以跑百米速度，頭也不回地直衝進教室時，只看到老師扳著一張老K臉，班上同學則笑得人仰馬翻。

我正不知所以然，回頭一看，我的媽呀！教室裡狹窄的走道竟塞滿了狗，我趕緊閃進我的座位，拉蒂跟著來，一群瘋狗也擠上來湊熱鬧。

原本就已嫌擁擠的教室，突然多了這些「不速之客」，更顯熱鬧了。早自習的安靜氣氛蕩然無存，同學們樂得開懷大笑看狗笑話，老師則氣得七竅生煙，教鞭往講桌重重一拍，怒喝：「蕭福松，立刻把所有狗帶出去。」

老師這「驚堂木」一拍，產生極大的震懾效果，不只我嚇著了，連狗兒們也嚇著了。我拔腿就衝出教室，眾瘋狗也跟著我衝出教室，後邊是同學們的哄堂大笑聲。我是又急又氣又惱，很嘔！邊跑邊罵：「死拉蒂，賤狗，都是你。」

06 上帝的罪人

我的右手突然被高高舉起，緊接著聽到牧師興奮的說：「感謝主！我們的蕭弟兄終於承認他是罪人了，沒關係，上帝會赦免你一切罪惡的。」

在成功鎮長老教會當牧師的大學同學曾正智，每次看到我，就說：「迷途的羔羊，回來吧！」

我說：「我是很想回來，但奈何羔羊現在已變成老羊囉！」

事實上，我和教會淵源一直很深，從小學時代的唱詩班，到中學時代的聖經班，我一直是「台柱」。高中時，牧師看我一副頗堪造就模樣，有意保送我去唸神學院，但或許我凡心太重，六根不淨，此事後來也就不了了之。

我牧師沒當成，和上帝的距離越來越遠，弄到最後，每當碰到傷心煩惱事，想找老天訴苦，發發怨氣時，竟不知如何啟齒了。

不知該說：「主啊，耶穌基督。」還是「如來佛祖，觀世音菩薩。」說來，應是我罪愆深重吧！

小學時候，我上浸信會主日學，家裡就我和二姊秀雲上教堂，爸媽也沒反對，他們知道上教會的小孩不會變壞。在教會裡頭，認識很多不同學校，不同年級的大小朋友，大家就像一家人一樣，和睦相處。

我在教會也的確增長不少智慧，除了讀聖經、唱聖詩外，牧師娘看我蠻有音樂天分的，常抽空教我彈風琴及聲樂，造就我日後能高歌幾首藝術歌曲及隨興露一手鋼琴的三腳貓功夫。那時，對唱詩、彈琴的興趣遠高於對上帝的認識。

唱詩班裡大小朋友都有，調皮搗蛋的也有，但看在上帝的份上，誰也不敢造次，做禮拜唱聖詩時，更是正經八百、正襟危坐，但只要一做完禮拜，又見牧師不在場的話，那簡直是猴猻耍寶，啥把戲都來。

學牧師證道，學外省伯伯呼口號似的祈禱，學沒牙老奶奶唱詩歌，所有看得到的，我們都學得來。那時節雖沒「模仿秀」這個名詞，但小毛頭們在幾位唸高中的大哥哥帶領下，常學大人見證唱詩模樣，逗趣十足。

有一次，大夥兒玩「千里傳音」遊戲，我剛好是最後一位，不曉得哪位重聽傢伙竟把「聖經」聽作「神經」，傳話到最後，牧師要我大聲說出答案。我照實大聲嚷道：「神經。」引起一陣大笑，聖經怎會變神經呢？

在教會裡頭，大小朋友經常在一起嬉戲、查聖經、唱聖詩、做禮拜，感情十分融洽，有如兄弟姊妹般。但有一回，我就被當時唸高二的袁建中大哥逗弄得哭笑不得，差點成了「上帝的罪人」。

那是在一場特別舉辦的證道會上，老老少少教友全都來了，很是熱鬧。禮拜儀式之後，有人受洗，接著聚餐。一開始，每人手上一小杯紅葡萄汁，一小片蘇打餅乾，只聽得牧師虔誠的禱告說：「你們喝這杯是喝我的血，吃這片是吃我的肉……。」嚇得我趕緊睜開眼睛，看看杯裡的紅色液體，會不會真的是耶穌的血？隔壁的小虎也沒專心禱告，搖頭晃腦的，看我張開眼睛，竟朝我擠擠眼，悄聲地說：「喔！我要跟牧師講，你禱告時眼睛沒閉起來。」

我心裡暗罵：「那你呢？小心上帝打你屁股。」

聚餐完之後，緊接著又是證道，感覺上氣氛很是肅穆。唱詩班的小蘿蔔頭全部被安排坐在後排，袁建中大哥就坐在我右手邊。先是牧師講道，之後幾位伯伯、大嬸輪流上台做見證，有人講到激動處忍不住哭了，氣氛越來越熱烈，但坐在後排的唱詩班小傢伙們卻不耐久坐，慢慢有人傳紙條、丟橡皮筋、偷擰耳朵、偷抓頭髮……，小動作漸漸出籠了。

我被夾坐在中間動彈不得，但看到好笑處，也忍俊不禁，全身抖動地直想大聲笑出來，偏袁建中大哥按住我的右手，叫我不准笑。

在一段冗長的見證之後，教堂裡又恢復莊嚴的肅靜。牧師清清喉嚨朗聲說道：「各位兄弟姊妹們，靠著主耶穌的聖靈，讓我們的靈魂獲得拯救，讓我們的罪惡獲得洗滌。兄弟姊妹們，你們要是承認自己是罪人的話，請立即舉起手來，讓耶和華上帝赦免你的罪。」

教堂裡一片肅靜，大家都頭低低的在禱告懺悔，只有牧師像牧羊人一樣，環顧著四周這些迷途的羔羊，希望有人「自首」認罪。偏偏沒有人願意舉手承認自己是罪人，空氣有點僵也有點尷尬。

約莫過了三分多鐘，仍沒有人舉手，我還是頭低低緊閉雙眼，腦裡只想著聚會快點結束，我家庭作業還沒寫完呢！

這時又聽得牧師說：「不要猶豫，勇敢點，承認你是罪人吧！」

又是一陣靜寂，顯然罪人還沒現身。正感沉悶，我的右手突然被高高舉起，緊接著聽到牧師興奮的說：「感謝主！我們的蕭弟兄終於承認他是罪人了，沒關係，上帝會赦免你一切罪惡的。」

我的上帝呀！這到底是怎麼回事？

原來坐在我右手邊的袁大哥久坐無聊，眼看再沒人認罪的話，今晚的聚會可能沒完沒了，邪惡念頭竟動到我頭上來。剛好他左手放在我右手上，就這樣很自然地順勢抓起我的右手，率先「發難」，承認是罪人。

所有眼睛此時都張開來全往我這邊看，我恨不得找個地洞鑽進去，有夠丟臉的，唱詩班同學則是一陣騷動，竊笑不已。

當然，在我「認罪」之後，陸陸續續有「罪人」出現，但我真的不是罪人，最起碼那時候不是。

散會後，唱詩班同學笑得人仰馬翻，袁建中則被我在教堂裡追著打。死袁建中，真是撒旦的使者，竟壞我一世英名，讓我成了上帝的罪人。

07 竹屋・老鼠・土地公

這些鼠輩像定了差勤表一樣，晚上十點前絕不出任務，都等熄燈後，傾巢而出，開始翻天覆地作怪，牠們仗著「高空」優勢，打也打不到，罵也聽不懂，真會活活氣死人。

《聊齋誌異》故事裡，最常見的場景，是一處竹林裡，有一破落小屋，一名書生在油燈下苦讀，就有狐仙或倩女幽魂暗中欽羨，然後化身美女伴讀，演繹出一場如真似幻，帶點浪漫色彩，也夾帶靈異味道的人鬼戀。

古代竹屋確實帶有幾分質樸韻味，文人雅士歸隱山林恬適之餘，莫不以之為吟詩作詞的靈感，不過現實生活裡，竹屋恐是破落窮困的象徵。

台灣在民國五、六十年代，竹屋或俗稱的土角厝仍十分普遍，小學四年級，我們家從基隆搬到台東，就租住在博愛路一條巷子裡，是一排五間的瓦房。牆是磚造，看起來還堅固，遮風避雨不成問題，可是樑上成排的麻竹，古樸通風有餘，安全衛生則堪虞。

那時節沒電視，小孩早早就被趕上床，睡不著覺乾瞪眼，便數竹子權充數羊。有時從左邊數起，有時從右邊數回來，發現短少一支，再數一遍，數亂了，兩眼一閉，見周公去了。

冬天四壁通風雖然冷，但起碼蚊蟲不生，可是一到夏天就麻煩了，就算掛蚊帳，把惱人的「米格機」——蚊子阻絕在外，但萬一不小心，讓牠們飛了進來，那一整晚就沒完沒了，耳邊不時響起的「嗡嗡聲」，足以叫人抓狂。

但真正令人抓狂的還不是蚊子，而是高來高去的老鼠。這些鼠輩像訂了差勤表一樣，晚上十點前絕不出任務，都等熄燈後，傾巢而出，開始翻天覆地作怪。

一隻遊蕩，頂多弄出點音響，還不至擾人清夢，但碰到兩隻老鼠相互追逐時，其聲響就大了，夾雜著「吱吱吱」叫聲，這些鼠輩仗著「高空」的優勢，打也打不到，罵也聽不懂，真會活活氣死人。

這還不打緊，一群老鼠東跑西竄，掀起的層層灰塵，仿佛天降瑞雪般，凌空飄下，經常睡覺到半夜，被弄得灰頭土臉，偶而還有失足墜落的，就掉在身上，教人又驚又氣又惱。實在忍無可忍，便和哥哥福隆兄借了梯子爬上去，費心地放了毒餌及捕鼠器，重創了幾隻之後，才遏止這群鼠輩的囂張氣燄。

住家前面有一塊空地，平常大人和小孩都會在那裡聊天嬉戲，旁邊有支幫浦，渴了就近汲水喝，上邊搭有絲瓜棚架，是乘涼好所在。我和哥哥住前房，緊靠院子，窗戶是可左右開闔的木板窗，冬天冷就關起來，夏天熱就打開，還挺方便的。

一晚正逢農曆十五，月亮特圓，月光灑照在院子裡，別有一番情趣。由於天氣熱，我翻來覆去睡不著，福隆兄倒是睡得挺沉的，我百般無聊，便將下巴靠在窗櫺上，隔著窗戶看院子。

我看到幫浦靜靜地杵在那裡，一動也不動，也看到皎潔的月光穿過絲瓜棚架的隙縫，串成一絲絲的銀線，很美。正看得出神，幫浦旁突然竄出三顆荔枝大小的紅色小火球，忽高忽低，時快時慢地在院子裡飛舞打轉，且好像在嬉戲般地會互相追逐。

從來只聽說過鬼火是綠色小火球，但我看的怎是紅色的？

心裡十分驚駭，忙下床到後房叫父親出來看，父親惺忪著眼睛隔著窗戶往外瞧，什麼也沒有，便說：「小孩子愛做夢，早點睡吧！」轉身進房去。

待父親走後，我又好奇地貼著窗戶看，我的媽呀！又出來了，活像現在小孩玩的溜溜球一樣，忽高忽低，紅光還一閃一閃的。

於是，我又進去叫父親出來看，也真是邪門，父親一出來就又不見。許是父親正好睡，被我連叫醒兩次，顯得不耐煩，低聲斥喝：「沒什麼啊！不要胡思亂想，早點睡！」可是我明明有看見，怎父親一出來就不見？

心裡既害怕又好奇，難道真的看走眼？不相信，睜大眼睛再看一次，我的媽呀！三顆小紅火還在幫浦旁上下飛舞著呢！

我嚇得趕緊關上窗戶，躲進被窩裡直打哆嗦。

事後，聽人提起若看到綠火，就是俗稱的鬼火，至於紅火，傳說是土地公化身，真耶假耶？不得而知，成了一直無解之謎。

與父親及福隆兄攝於台東舊火車站前，當時尚有圓環水池

08 網路＋愛心　尋回三十五年的單車友情

一段失落的單車情誼陳年往事，在網路聯結及香港海鷗助學團辦事處陳潔媛小姐的熱心協助下，再度串起年輕的回憶，也讓分別三十五年的老友得以再度相會。

台灣自行車運動正夯，騎單車環島更是時下年輕人最熱愛的運動。既可隨興到處遊玩，還可親身實地踏遍寶島每一寸土地，更可在途中結識單車同好，體會各地風光人情。尤其可藉單車環島鍛鍊體力、磨練心志、開闊胸襟，可說好處多多。

每次開車外出，常會在迤邐迂迴的南迴公路或美麗的東海岸公路，遇見三兩人一組或單獨一人的自行車騎士，賣力的踩踏前進，很佩服其意志、毅力。錯車而過時，常搖下車窗，豎起大姆指表示肯定，或大喊一聲「加油！」打氣，也換來這群勇於自我挑戰的勇士們揮手致意，或振臂歡呼「加油！」

單車環島是現在台灣很熱門的戶外運動，但早在三十五年前，還是學生時代的我，就已體驗了單車環島的甘苦滋味。

那時剛結束成功嶺大專暑訓，正是身強體壯、意氣昂揚時刻，尤其受訓成績優異，又獲選忠誠模範，連長和輔導長都說我是當兵的好料子。領了成功嶺獎狀，學校也記了功，正躊躇滿志之際，剛好碰到放春假，回台東嫌太遠，花費亦不貲，但長達五天的假期，不好好安排也可惜，便計畫單獨一人從台北騎單車到高雄，想來個單車半島之旅。

有了構想，我便開始著手規劃，包括行進路線、投宿地點、沿途名勝古蹟，可能遭遇狀況，如何應變，及各種替代方案等，有如在寫作戰計畫，並開始體能訓練。等萬事都俱全了，卻獨缺東風，沒有腳踏車，怎麼上路？

那時節，同學之間很少人有腳踏車，我想到參加救國團東海岸健行隊活動時，隊上有位香港僑生叫香偉燦，唸台大，正好有輛三段變速腳踏車，便向他商借，他二話不說，把腳踏車交給我，我車子一騎，上路了。

一路的風吹日曬雨淋，長途辛苦跋涉，就略過不提。且說完成單車半島之旅後，順利騎回台北，當晚，就到腳踏車店把沾滿塵土泥巴的腳踏車清洗乾淨並上油，準備完好地交還給香偉燦。

懷著完成夢想後的喜悅心情，我騎腳踏車進台大校園。香偉燦宿舍在二樓，我把腳踏車上好鎖之後，便上樓找他，他正洗澡，我在房裡等他。好一會兒，他出來，我告訴他已完成單車之旅，非常感謝他的幫忙，腳踏車已整理好，就在宿舍樓下。

哪知當二人一起下樓，腳踏車卻不見了。我當場傻眼，明明有上鎖放在樹旁邊，怎一轉眼就不見了，教我怎麼跟香偉燦交待？

當年變速腳踏車價格不便宜，我怎賠得起？但車是我搞丟的，怎麼辦？我很是尷尬，不知如何啟齒？

他大概看出我的為難，不但沒責怪，反笑笑說：「沒關係啦！腳踏車在校園被偷是常有的事，也許過幾天，又自動跑回來，你又不是故意的，不用賠啦！」

這番話，讓我既歉疚又感動，於情於理，我都應該賠他一輛腳踏車，但對靠獎學金求學的我來說，可能需要很長一段時間才能攢錢購買，他等得及嗎？慷慨借我腳踏車已夠朋友了，沒理由平白承受這個損失吧？

但香偉燦從頭到尾，並沒有一句苛責、怪罪的話，只說腳踏車丟了就丟了，他走路上課也可以，要我不要放在心上。我聞言，內心滿是對他的歉疚和感激。

大學畢業後，各奔東西，我離開台北，他返回香港，從此斷了音訊。

倏忽一晃三十五個年頭，每次當我開車載著家人外出，看到騎單車環島的年輕學生，便跟孩子提起這段往事，當然也提到香偉燦伯伯的寬宏氣度。每提一次，想念之情便加重一分，可是相隔三十五年了，從何找起？

日前，心血來潮，我試著上雅虎網站，打「香偉燦」三個字上網搜尋。很快地，出現「香港海鷗助學團」贊助名單，當下心裡十分興奮，有線索了，可是沒有更詳細的資料，怎麼聯絡他呢？

猶豫了下，我傳了封mail給香港海鷗助學團辦事處。我寫道：「頃閱貴團出刊的《海鷗通訊》，見香偉燦先生Heung WC David大名，係分別三十多年老友，但不確定是否為他？可否麻煩幫我代為詢問香先生，是否為台灣大學一九七四～一九七六畢業學生，若是的話，是否可轉達台灣老友蕭福松對他的懷念之情，感謝您的協助。」

很意外地，半個鐘頭後，便收到辦事處陳潔媛小姐的回覆：「蕭先生：經本辦事處向香先生本人查證無誤，他是台灣大學一九七四～一九七六畢業學生，由於香先生沒有使用電腦的習慣，他希望可以親自致電跟閣下聯繫，介意把閣下之聯絡電話交本人代轉嗎？候回覆。」

我當即回覆：「潔媛小姐：很感謝妳重視我的請託，在百忙中熱心幫我聯絡，讓分別多年老友，得以再聯繫，衷心感謝。也麻煩妳轉達香先生，我之前是台東縣政府教育局副局長，現在台東大學任教。以前和香先生一同參加東海岸健行隊認識，在台北唸書時，曾向香先生借腳踏車環島，但在完成旅程歸還腳踏車時，腳踏車竟不見了。當時，心裡很歉疚，但香先生體諒我非故意遺失且阮囊羞澀，未怪罪也未索賠，此事一直惦記在心，對香先生感念尤深。我留電話，煩請轉達，再度感謝妳的幫忙。」

稍後，又接陳潔媛小姐回覆：「蕭先生：很高興有緣為閣下及香先生效勞，已將閣下之聯繫方式轉交香先生，請放心！老朋友重逢的確令人期待，『香港海鷗助學團』可以間接幫上一個小忙，實在萬分榮幸！尚有任何用得著之處，本辦事處十分樂意隨時提供協助，千萬別客氣。」

香偉燦到台東遊玩，帶他參觀天后宮並重遊東海岸

當天中午，我接到香偉燦先生從大陸打來的電話，他現在東莞經商。

老朋友空中相見，雖未能見面，但聽其聲如見其人，格外高興，聊起往事，歷歷在目，宛如昨日。聊談了十多分鐘，相互約定年底東莞見。

一段失落的單車情誼陳年往事，在網路聯結及香港海鷗助學團辦事處陳潔媛小姐的熱心協助下，再度串起年輕的回憶，也讓分別三十五年的老友得以再度相會，深深感念上蒼的恩澤和潔媛小姐的愛心。

09 余豈好作弊哉！

看到我「棄明投暗」，他們極度歡迎，把最重要、最核心的座位保留給我，就在教室的正中間位置。我一看，有意思，原來希望我當他們的「民族救星」，考試的時候救救他們。

考試作弊，可說是很多人求學過程中共有的經驗，很少有人能獨善其身、置身度外。

考試作弊當然不好，除有投機取巧、不勞而獲及耍小聰明之嫌外，也有辱斯文、有損讀書人清譽。只是就像好飲者常說的，「酒蓋嘸好，但戒酒不好」，更像「人際關係學」上強調的，「有關係就沒關係，沒關係就有關係」。

考試要不要作弊？對很多人來說，常會陷入現實與道德的拉鋸戰。作弊嘛！對人格、尊嚴都是很大的挑戰；不作弊嘛！眼看別人作弊拿高分，心裡定然憤憤不平，要嘛！挺身檢舉，要嘛！明哲保身，要嘛！同流合汙……。

所以，要不要作弊，既看事實需要，也看自己是否禁得起道德與良知的質疑。

對考試作弊者來說，作弊一定有理由，他不會說自己沒有好好用功讀書，也不會說沒有充分準備，通常不是怪老師題目出太難，就是怪運氣不好，有讀的沒出，沒讀的偏出。總之，「余豈好作弊哉！余不得已也！」連幹壞事都有理由。

不過，話說回來，試卷答不出來，可能零分，可能被當掉，可能沒錄取，後果堪憂。平時考的不好，挨老師板子是小事，成績帳面不好看，回去對爸媽假裝懺悔一番，頂多挨頓罵應該也可矇混過關。最怕是升學考、資格考，事關重大，搞不好，差一分就差好幾所學校，甚至名落孫山，就得認真考慮要不要作弊了。

我高中一位同學，人聰明但不愛讀書，每次考試，無不作弊，同學皆知，只有老師不知。高中三年他很認真地作弊，竟也一路過關斬將，混到報名參加大學聯考。最妙的是，在大學錄取率僅百分之十幾趴的那個年代，他就憑著二・〇的好眼力，加上絕佳的作弊功夫，竟也讓他考上大學，被視為當年聯考傳奇，堪稱「傑出校友」。

讀書當然不為考試，考試不作弊，這是讀書人求學修身之道，也是要努力成為正人君子的基本修練。奈何很多時候，形而上的道德訴求，遠不敵現實利益的考量，自然就潦下去。

說考試作弊是面臨生死交關、不得不的「非常手段」亦可，說它是「狗急跳牆」下的自救方式也可，反正，想作弊絕對有理由。

中國自有科舉制度以來，考試作弊便跟著進京趕考的讀書人進入考場，可說歷史悠久、淵源流長，更進一步說，只要有考試，就一定會有人作弊。

膽子小的，夾帶小抄，緊要關頭偷瞄一眼足矣！膽子大的，連衣襟內裡，所有可以著墨的地方，都充分利用，可說寸土寸金。所以，自古以來讀書人考試不作弊者幾希？

高中時候，我原本在升學班，有一回和教國文的導師，為了一句「城溝壕牆以為固」的註解，二人起爭執。老師說是防空壕，我說古代沒有飛機，哪來防空壕？應是護城河，師生二人當場爭辯起來，同學們都嚇呆了。

大概老師老臉掛不住，為了報老鼠冤，竟給我嘔心泣血的千字作文四十分，還用紅筆大大批著：「陳腔濫調，流水帳一堆。」分明就是報復。

我一看，也火了，跑去找教務主任說我要調班，主任說只剩B段班耶！我說沒關係啦！就這樣，我轉到放牛班。

其實，放牛班學生不全然對讀書沒興趣，只是學習神經較大條而已，因為對分數不計較，大家相處更自然和諧，沒有升學班的勾心鬥角。

看到我「棄明投暗」，他們極度歡迎，把最重要、最核心的座位保留給我，就在教室的正中間位置。我一看，有意思，原來希望我當他們的「民族救星」，考試的時候救救他們。

放牛班同學講義氣，我自然也義不容辭、鼎力相助，不論大考小考，都成了情報供應中心，但不是我作弊，而是幫他們作弊。寫好的試卷，只要上挪下移、左傾一點、右露一點，同學就都雨露均霑。

如此一來，班上成績大有改善，帳面成績好看多了，有些同學的信心也跟著上來了，對讀書漸有興趣，算是作弊另一邊際效用吧！

在「一試定終身」的聯考時代，好些同學上大學是依分數，而非依興趣，如此一來，上課就愛上不上，考試也只求過關。我在學校功課很好，上課固定坐前排中間位子不說，且很認真聽講，勤做筆記，每逢考試，同學便打我主意。

當時還沒影印機，這些懶同學，筆記借他們抄，猶嫌麻煩，一不做，二不休，乾脆一人撕一張，臨陣磨槍碰運氣。誇張的是，竟都能勉強考上六十分過關，大夥兒還引為趣談呢！

唸研究所時，有一門學科叫「應用計量學」，大家都有聽沒有懂，老師也不管，考試照考。同學叫苦連天，私下運作要組聯盟互通訊息，我也做好「犧牲一次人格」的心理準備。

助教把試卷發下來後，轉身在黑板寫了「君子自重，榮譽第一」八個大字，眾人面面相覷，這下沒轍了，統統等著被當，這是有考試以來，最痛苦的一次。

等我也當了大學老師，監考時，看台下眾徒兒搔首皺眉、東張西望模樣，就知道有人要預謀犯罪了。學生哪知道老師也是考試作弊的過來人，還是「仙拜」級的呢！教室後邊一站，只聽到一片哀號聲，哈哈！快事也！

考試作弊趣聞不少，手法更是千奇百怪，但當之是學生時代的好玩趣事，體驗經驗過，足矣！千萬不能拿來當人生的萬靈丹。否則，投機心理一旦養成，將更懶、更不想努力，所以，還是誠實做人、腳踏實地做事為要。

10 我跟黑道打交道

「POAㄟ，你的Guts有夠水的，有沒有興趣到我們公司來上班啊？」蛤？現在是什麼個情況？招安？挖角？我是來談判的，可不是來投誠的。再說，我堂堂中華民國軍官，豈有海軍不當去當海盜之理？

我大學唸戲劇系，戲劇理論和表演藝術都懂，也跑過龍套，自認很有演戲天分。可惜人長得不夠高大英挺，也沒遇見能「慧眼識英雄」的伯樂，連老師都不看好我，常調侃我說：「阿松啊！你演偶像劇嘛！不夠帥氣，演土匪嘛！沒那股狠勁，演書生嘛！少了點書卷氣，演小丑嘛！感覺又委屈你。」老師這麼一講，我有自知之明，當然，也就沒往演藝圈發展了。

但有道是「一枝草一點露」、「此處不留爺，自有留爺處」，當不成藝人，當軍人總可以吧！就這麼七轉八轉的，我竟然也當上軍人，還是軍官呢！

只是外表雖然穿上軍服，但骨子裡，「愛現」的細胞還是隨時跳躍著。我當輔導長，在連上好歹也是第二把交椅，有事沒事，打打官腔，裝模作樣，裝腔作勢一番，逗逗小兵，過過「拿雞毛當令箭」的演戲乾癮。

有時連長被我對調皮小兵的「疾言厲色」嚇壞了，緊張問：「輔導長，你玩真的？」我悄聲回說：「玩假的啦！嚇嚇他們。」不過，嚇人嚇多了，有時也會嚇到自己，但不是遇見鬼，而是遇見黑道。

話說有一天，連上接到××律師事務所來函：「貴部××福先生向××公司借貸新台幣十萬元整，已逾還貸期限。依契約規定，須於約定期間內，償還本息共新台幣十三萬元整，希轉知貴屬儘速履約，否則依法究辦。」

我一看，什麼碗糕律師事務所？還不就是幫地下錢莊討債的代理人。這個××福也真是的，幹嘛去找地下錢莊借錢，不要命啊！難怪大家都叫他「憨福」。

我心裡想，我這個輔導長雖然幹得挺稱職的，也常替連上弟兄排難解憂，但碰到有黑道背景的地下錢莊，難免有所顧忌，能不惹最好了。「憨福」既然敢向地下錢莊借錢，他應該知道後果，何況欠錢還錢，天經地義，他得自己想辦法，部隊可不管這檔事。

正要落筆批示「呈閱後存查」時，一看副本，哇咧！不得了！國防部、總政戰局、××軍團、師部……，羅列一大串名單，都是我的頂頭上司。

顯然對方深諳軍中行政程序這一套，怕被吃案，所以來個「天羅地網」的副本免費大抄送。就算我不處理，上頭一大堆公婆，也會顧慮「國軍形象」追查到底，到頭來，帳還是算在我頭上，這招可真狠，怎麼辦？

「怎麼辦？怎麼辦？」我邊搔頭，邊三步併兩步，趕緊找連長商量吧！

老連一看公文，氣得三字經脫口而出：「他×的，不是一再三令五申，叫他們不要跟地下錢莊借錢嗎？怎……？唉！這小子。」重重嘆了一聲，看看我，問：「輔導長，你看怎麼辦？」

怎麼辦？既上了賊船，當然要想辦法跳船逃生囉！但說容易做可難。料想「憨福」是沒能耐解決，看來非得本官親自出馬不可了。

找來「憨福」問明借貸始末，不問還好，這一問，差點換我腦中風。

「憨福」說，他認識的女網友的媽媽生病住院，要繳十萬元保證金，找他借錢。他為討好女網友竟答應了，本身沒錢，又不敢開口跟家人要，就找地下錢莊借了。

我一聽，這種詐騙老梗，他竟然也相信，真是無藥可救的「憨福」。最麻煩的是，還笨到找地下錢莊借錢，簡直找死。

地下錢莊借錢一向是「九出十三歸」，借十萬只給九萬，並且隔天就開始計息，等到下個月借款日到，就得還十三萬元。這種重利滾錢的惡劣行徑，不知害死多少人，「憨福」為一個莫名其妙的女網友惹禍上身，分明就是找死。

「憨福」坦言，他沒那麼多錢可以還，但不還也得還。對方既然找到部隊來，看樣子是躲不掉的，但我身為輔導長也不能撒手不管，總不能眼睜睜看著自己的弟兄被黑道押走吧！便對老連說：「我去找對方談吧！」

連長有點不放心地問：「妥當嗎？」

我說：「總得試試吧！」

此時，腦海迅速研擬「與黑道談判」的作戰計畫。草案如下：首先，準備十萬元現金當談判籌碼，之後見機行事，隨機應變，最終目標——拿回借據，全身而退。

我找「憨福」一起到他家拜訪他的父母兄姊，告知事情原委。他們知道事態嚴重，延遲不得，趕緊張羅十萬元交給我，一再懇託，務必圓滿解決「憨福」跟地下錢莊借貸這件事。否則，家門口被噴漆潑糞事小，萬一「憨福」缺了支胳臂、少了條腿，可不是鬧著玩的。

問明地下錢莊所在，我特地挑了兩名身高一八〇公分以上，體格壯碩魁梧的弟兄陪我去，萬一要幹架，也好有幫手。

進到××企業公司，一個嘴叼著煙、滿臉陰陽怪氣的小混混，輕蔑地開口：「找誰啊？」

「找你們老大？」我大聲地回應。

他愣了下，敢侵門踏戶來找他們老大的，應該不是普通的角色，再看我一副正氣凜然樣子，旁邊又站著兩個彪形大漢，顯然不是好惹的。口氣瞬間變柔軟，陪笑臉問：「什麼事啊？」我說：「替××福來還錢的。」

他很快進去通報，不一會兒，帶領我們到裡頭會客室。

有七、八個人正在泡茶，看到我們三人進去，其他人都站起來，圍站在一位翹著二郎腿，斜坐在沙發上理著平頭、粗眉大眼、滿臉橫肉的中年男子後面，顯然他就是黑道大哥，頗有架勢的。

他比了個請的手勢，示意我坐下，跟去的兩位弟兄則站在我後面。楚河漢界，壁壘分明，談判的氛圍很快就形成。

開口還算客氣：「請問你是××福的什麼人？」

「我是他的輔導長。」我表明身份。

「喔～POAㄟ（輔仔），長官哦！」意味深長地看了我一眼後，問：「錢帶來了沒有？」

「帶來了。」我隨手掏出裝著鈔票的信封袋。

「多少錢？」那位大哥還是一副跩樣。

「十萬塊。」我把信封袋擺在桌上。

「十萬塊？」他一雙牛眼瞪得好大，惡狠狠地說：「你當我這裡是開救濟院啊？」

這種「變臉」反應，早在意料之中。再說「色厲內荏」的角色，我在戲劇裡看多了也演多了，哪會在意，鎮定地說：「就十萬塊。」

他老大顯然被激怒，大聲嚷著說：「照契約走，借十萬就得還十三萬。」

我也不甘示弱，昂聲地回道：「『九出十三歸』的規矩，我懂，但賺太多了吧！××福向你們借十萬，你們只給九萬，現在還給你們十萬，算是合理，多出來的一萬，就當作是利息。」

這時，老大擺出一副流氓樣，獰笑道：「愛說笑，你當我三歲小孩啊！一萬塊就想打發我。告訴你，我不能壞了規矩，十三萬就是十三萬，少一毛都不行。」

說罷，回頭看了看圍站在他身後的那班小嘍囉，語帶威脅說：「錢不還可以，拿他的小命來抵。」

我一看，局面有點僵，談判顯然觸礁，但今天無論如何，一定要有結果，這檔事不搞定，夜長夢多反更不妙。

當下不加思索，直接反嗆說：「老板，××福向你們借錢，是他私人行為，跟部隊無關，你們想對他怎樣，是你們的事。不過，我告訴你，人在我部隊裡，誰都別想動他一根汗毛，大不了，在他退伍前，不准他離開營區一步，看你們能怎樣？就算你們要找他，還得先挨得起營門口衛兵那幾十發子彈。」

我心裡明白，嗆這些話是出險招，萬一黑道大哥不吃這套，那我就等著挨拳頭了。空氣瞬間凝住，氣氛有點詭異，他看我，我看他，兩人似乎都在玩「懦夫困境」遊戲，互相揣測對方會出什麼牌。我思考著，狠話都已說出口，萬一發展不如預期，怎麼辦？只好硬著頭皮，繼續演下去。

乾咳一聲，緩和一下緊張情緒，我接著說：「我今天來，是很有誠意要還你們錢，希望事情能圓滿解決，對大家都好。我連上弟兄有難，我當長官的不能坐視不管，老實說，這十萬塊還是連上弟兄大家一起湊出來的。要嘛！你收下，不要的話，我拿回去，你一毛錢都拿不到，大家就法院見。」

說罷，作勢要拿回信封袋，這時老大伸手按住我的手，堆滿笑臉說：「POAㄟ，你真有Guts，我很欣賞你。這樣吧！看你的面子，這十萬塊我收下了。」然後，轉頭對他那班囉嘍說：「看到沒？做兄弟，就要像這位長官這樣，夠義氣也很上道。」

情況變化之快，大大出乎意外，心裡直暗唸：「阿彌陀佛！感謝觀音佛祖保佑！」懸著的一顆大石頭至此放下。

這時老大笑瞇瞇地對我說：「POA乀，像你這樣的人才，智勇雙全，膽識又夠，我很欣賞，怎麼樣，有沒有興趣到我們公司來上班啊？」

蛤？「到你們公司上班」，我以為我聽錯，差點大笑出來。

現在到底是個什麼情況？招安？還是挖角？我是來談判的，可不是來投誠的。再說，我堂堂中華民國軍官，豈有海軍不當去當海盜之理？當然是謝謝抬愛，敬謝不敏囉！

不過，我也肯定黑道大哥的「阿莎力」，讓事情圓滿解決。便恭維地說：「老板，你很夠江湖義氣，處理事情明快又果斷，佩服！佩服！」

他聽了，大樂，倒茶請我喝。

打鐵趁熱，我趕緊說：「老板，十萬塊你收了，××福的借據是不是該給我？」

「當然！當然！」他倒滿爽快的，呼喚底下的人去找出來。

我又補充說：「還有補給證。」

「沒問題。」他蠻開心的樣子。

黑道大哥在拿「憨福」補給證和借據給我時，隨手遞上他的名片說：「POA乀，我喜歡交你這樣的朋友，Guts有夠水的，有空歡迎來泡茶。」

我連聲說好，可心裡想，一次就夠我飽又醉了，哪敢再來第二次？

突然，想到這十萬塊是「憨福」家人拿出來的，總要對他家人有個交代。便對黑道大哥說：「老板，麻煩你寫個領據，我回去好交代。」

他說好，低頭找紙張，我說：「不用了，就寫在你名片後面好了。」他照辦。寫完「銀貨兩訖，互不相欠」後，我要他拿印泥來捺指印，他伸出右手大拇指，我說：「用左手。」他抬頭看看我，配合地用左手大拇指捺指印。任務達成，我跟黑道大哥握手致意，如釋重負地趕緊離開地下錢莊。

走了好一段路，在遠離地下錢莊視線後，兩個「隨扈」笑得人仰馬翻。直說：「POAㄟ，您太神、太會演了，把他們老大唬得一愣一愣的。叫他用左手捺指印，就乖乖用左手，不敢用右手，果然是智勇雙全，Guts有夠水的，佩服！佩服！」

這兩個傢伙站在我後面當背景，只顧旁觀看戲，竟還學我口吻揶揄我。他們哪裡知道我表面雖故做鎮定，其實內心是膽戰心驚，水桶七上八下呢！要不是在學校演戲慣了，說謊很自然也面不改色，恐怕早被識破，抓到地下室囚禁起來了。

這是我第一次和黑道交手，慶幸完成任務，也難免有些感觸。

第一，千萬不能跟地下錢莊借錢，那是吃人不吐骨頭的行業，放重利就不用說了，討債的狠毒手段很難想像，真碰到問題，盡可能找親友幫忙。並應認清，凡事都有「因果關係」，不貪、戒奢、少慾望、謹慎投資，或許就不會淪落到借貸地步。

其次，江湖路險，黑道是條不歸路，道上雖講「義氣」，但「義」字倒過來寫，正是「我王八」，畢竟都不是正道，從事的還是傷天害理的勾當。潔身自愛、謹守本份，才是安身立命的處世之道。

最後，自我推銷一下，憑良心說，我很滿意這趟和黑道大哥「談判」的交手經驗，堪稱傑作。鬥智之外，更考驗心臟夠不夠強，還好，我挺住了。

我臨場表現沉著冷靜、機智靈光，那就不用說了，「胡謅瞎掰」、「虛張聲勢」、「說得跟真的一樣」，尤顯得我演技純熟精湛、收放自如，已達爐火純青、出神入化地步，不往演藝圈發展，實在可惜。

敢問，有人要挖角我嗎？歡迎來電——〇九七二二七八×××。

11 後山來的小子

「聽說你們台東的小火車開得很慢，而且是蓋茅草的，是怎麼回事？」、「是這樣的，台東山多，鐵軌彎曲起伏較大，為安全起見，不得不慢慢開，有時乘客尿急，跳下車就地解決，再以跑百米速度，還追得上火車哩！」

台東因為地處後山，交通不便兼資訊不發達，因此常被誤解。上世新註冊前，天天和同學到台東海邊游泳或打排球，曬得像個小黑人似的。

到台北後，大家聽說我是台東人，都好奇地問：「你是不是原住民？」我反問：「你們看呢？」他們說：「看你眼睛大大，臉又黑黑的，應該是吧！」

我故意捉狹道：「是啊！」

他們又好奇地問：「是哪一族？」

我說：「達悟族。」

反正台東原住民有六大族，還有不滿足、鈔票不足的……，他們也搞不清誰是誰，唬得他們一愣一愣的。好笑的是，竟還有人自鳴得意地對旁人說：「你看，我沒說錯吧！他是原住民。」

或許很多人對台東真的很陌生，竟有人問我：「聽說你們台東的火車是小火車，開得很慢，而且是蓋茅草的，到底是怎麼回事？」

也不曉得這是錯誤資訊，還是以訛傳訛的笑話，但顯然這些自以為是的都市人也聰明不到哪裡去，不如逗逗他們。

便煞有介事地說：「是這樣的，台東山多，鐵軌彎曲起伏較大，火車為安全起見，不得不慢慢開，有時乘客尿急，跳下車就地解決，再以跑百米的速度，還追得上火車哩！」

他們聽得入神，愈發感興趣，又問：「那火車頂怎會蓋茅草呢？」

我說：「台東天氣很熱，鐵皮車廂沒人要坐，火車平時是載運甘蔗，要載客人時，就在平台上擺幾張椅子，頂頭再鋪上像草蓆的茅草，便可遮太陽，不但通風涼快，視野也好。」

眾人信以為真，拍手大讚道：「太好了，找機會我們也要到台東搭小火車。」

我心裡暗爽：「這群土包子。」但嘴裡仍高興地說：「非常歡迎。」

說別人土，其實我更土，學校開學後第一個禮拜天，以前我在救國團東海岸健行隊擔任領隊時的女學員特地為我接風，兩人約在西門町見面。

一見面，她就徵詢我：「吃中餐還是西餐？」

我竟然說：「吃牛肉麵就好。」

不知是老朋友相見分外親切，還是台北小姐原本就熱情，只見她大方地挽著我的手上路。在她來說，挽手或許是很自然的動作，但在我來說，卻渾身不自在，脹紅著臉，心裡頭小鹿兒也亂闖亂撞，靦腆的不得了。

她大概看出我的窘態，存心逗我，挨得更近，害得我這一向遵循「男女授受不親」古訓的小男生，全身僵硬得像個機器人被拖著走。

吃完牛肉麵後，她提議去喝咖啡，我以為是開放式明亮的咖啡廳，也不置可否，豈知她拉我進一家地下室的咖啡廳。

一進去，烏漆抹黑，伸手不見五指，她拉著我小心翼翼地找到座位，服務生才送上飲料，我開始有點坐不住了。除了昏暗的燈光叫我不習慣外，低重貝士的熱門音樂，也震得我心臟都快蹦出來了，而汙濁瀰漫的煙霧更讓我受不了。

坐不到十分鐘，我央求她能不能換地方，她看我一臉痛苦樣，也不敢勉強，忙拉著我出來。

出了地下室，我長長吁了口氣，彷彿回到人間一樣。她看出我的窘態，安慰地問：「不習慣啊？」

我尷尬地回：「不習慣。」

然後她又提議：「沒關係，那我們看電影好了。」

我抬頭一看，正上映愛情文藝大鉅片，我最痛恨的。

便面有難色地說：「走走就好，可以不看電影嗎？」

她大概沒碰過那麼難伺候的客人，這個不要，那個不敢。

但為表地主之誼，她欣然接受，又挽著我的手繼續上路。

一路上還不忘調侃我：「你啊！真不懂情趣，亂沒情調一大把。」

說是這麼說，臉卻貼著我的臂膀，意有所指地說：「不過呢！像你這樣老實的男孩，真的很少耶！」

12 窮學生的美食

趁老闆正忙著，眾人迅速地把已結帳完的剩魚剩肉全轉進到我們這桌來，少不了又是大快朵頤一番。美其名是「劫富濟貧」、「物盡其用」，但是否會感染B型肝炎，就不在考慮之列了。

在台北唸書，一切從簡，能省則省，走路到得了的，就不搭公車，書借得到的就不買，冬天天氣冷，沒錢添購棉被、毛毯，就在草蓆底下鋪層厚厚的報紙，差可禦寒，反正一切都是克勤克儉。

那年頭，吃頓自助餐兩塊錢，便宜是便宜，但因菜色簡單，老闆又捨不得在菜裡多放點油，雖沒讓我們這些學生吃得面有菜色，但腸胃也被磨得乾澀，接近吃齋茹素邊緣。

有一年台東建醮，正逢春假，便返鄉過節，在新生國小任教的施金端老師請我到他們家吃拜拜。她說我在外面吃的不夠營養，要我多吃點，於是大魚大肉、雞腿豬腳，都往我碗裡塞，我也老實不客氣，狼吞虎嚥一番，吃的好不過癮。

豈知回到學校第二天，狀況便來了，但覺肚子一陣陣絞痛，忙跑廁所，這一跑竟沒完沒了，半個鐘頭裡連拉三次，到後來不得不拿著書本在馬桶上待命。

那一天，我前前後後拉了十幾次，虛脫得不成人形，同學忙送我到附近診所，醫生診斷結果說是急性腸炎，問我最近吃些什麼東西？我說回家吃拜拜，他恍然大悟，原來平常吃的自助餐油脂不多，突然吃了那麼多油膩東西，腸胃一時適應不了，自然就拉了。

七十年代，正逢全球石油危機帶來的通貨膨脹，生活支出大增，房租由一八〇元漲到二五〇元，自助餐也從二、三元漲到五、六塊錢，但幾個南部上來的窮學生，還頗能共體時艱、撙節開支。

經常下課後，一夥人相偕爬學校後方的仙跡岩，然後翻到山腳下的景美夜市，吃一碗兩塊半的牛肉湯麵，熱騰騰的一大碗，常吃得大夥兒一邊擤鼻涕一邊擦汗，直呼過癮，真是「俗擱大碗」。

有幾回，七、八個人湊錢打牙祭，找了附近一家川菜館，叫了幾樣菜，可沒多久工夫，盤子便見底了。看看隔壁桌，客人剛走，留下好多沒吃完的雞鴨魚蝦，想想，不代為收拾，待會兒老闆全倒進餿水桶裡，豈不暴殄天物？

趁老闆正忙著，眾人動作迅速地來招乾坤大挪移，把已結帳過的剩魚剩肉全轉進到我們這桌來了，少不了又是大快朵頤一番。大夥兒還美其名是「劫富濟貧」、「物盡其用」，但是否會感染傳染病、B型肝炎，就不在考慮之列了。

又有一回，眾人嘴裡淡得都快長出草了，便有人提議到巷口一家新開的麵攤吃「雜菜」。所謂「雜菜」，就是把人家的流水席，不管是婚喪喜慶、好事歹事的剩餘菜餚全收集來，重新煮過，五味雜陳，另有番味道，一碗賣五元，生意還好得很呢！

尤其在寒冬夜晚，光顧的客人更多，雜菜端上來，熱騰騰的，香氣四溢，確令人垂涎三尺。可才吃了幾口，就有人在碗裡挾到牙籤，心裡頭就有幾分擔驚，後來又聽老闆說，他有事去去就回，但見他腋下挾了件細長東西，用布包著，可不是洞簫或笛子，而是三尺長武士刀，眾人猜想老闆應是「血拚」去了，怕遭池魚之殃，趕緊逃之夭夭。

之後，我們再沒光顧那家麵攤，又隔沒多久，麵攤收攤了，老闆則不知去向。

13 千山我獨行

我在肇事的大貨車附近，逗留了好一會兒，遠遠看著躺在草蓆下的「那個人」的雙腳，猶豫著要「識時務為俊傑，回頭是岸」？還是賭一把、勇敢接受挑戰？

我是獅子座，天生個性急躁又容易衝動，但也喜歡冒險，接受不同的挑戰。同學形容我像「火車頭」，一股勁地往前衝，他們發現我人雖然很隨和，嘴裡常說「好」，卻又蠻堅持原則的。知道這「鐵頭」難溝通，於是每當跟外系聯誼活動時，便會這般介紹：「這是我們班最會唸書的，專門領獎學金的蕭福松，人稱『蕭十一郎』。」

那時武俠電影《蕭十一郎》正上映，我的同宗「蕭老大」不但武功高強，人也長得帥，同學給了我這個稱號，雖然有點沾光味道，但應該也相去不遠。正感得意、飄飄然之際，不意同學又多嘴，補了句：「蕭十一郎，簡稱『肖郎』（瘋子）。」外系同學笑翻天，我則是洩氣到底。

急躁個性有時就反應在行動上，我那時剛結束成功嶺大專暑訓，因受訓成績優異，又獲選忠誠模範，不免志得意滿。剛好碰到放春假，回台東嫌太遠，車錢花費也大，但五天假期，不好好利用可惜，便計劃邀同學騎腳踏車從台北到高雄，來個半島之旅。

構想一提出，同學爭相響應，共襄盛舉者竟有七位之多，果真「吾道不孤必有鄰」。我也開始著手細節規劃，包括各種可能狀況及因應方案，有如在寫作戰計畫。我的確很用心在規劃，務期這趟單車半島之旅，能順利圓滿完成。

待一切計畫擬妥之後，卻見同學一個個打退堂鼓，不是天候不好會下雨，就是縱貫公路車多危險，要不便是家長反對，有的甚至說借不到腳踏車，總之，都有理由。

我一聽，沒輒了，顯然這項偉大的單車之旅，是無法實現了。偏我個性又拗，就不相信一個人走不了，於是向以前一起參加東海岸健行隊的夥伴，唸台大的僑生香偉燦借了輛三段變速腳踏車，決定單騎闖南北。

團體行動變成個人行動，氣勢上就弱了不少，偏同學又烏鴉嘴：「小心哦！最近常看到騎單車環島的學生被車撞的新聞。」心裡頭更是七上八下，感覺毛毛的。

但箭已在弦上，豈能不發？恃著一顆「千山我獨行」不服輸的心情，清晨五點，冒著毛毛細雨，我依計畫單槍匹馬出發了。

大約騎了十多公里，行經三重一處路口，遠遠就看到一部大貨車停在路邊，閃著警示燈，我心裡納悶：「這司機怎麼這麼沒公德心，車亂停。」

疑惑間，騎上前，「咦！卡車後面怎掉了一張草蓆？」

心裡只是疑惑，也沒想太多，還瀟灑地騎到草蓆旁邊想看個究竟。

不看還好，這一看，我的媽呀！草蓆外竟露出一雙腳板來，一個人直挺挺地躺在那兒。

懷著忐忑不安的心，我車速放慢，猶豫著是否繼續前進？

同學烏鴉之語，言猶在耳，沒想到馬上碰到這種晦氣事，分明是觸霉頭，而且天又飄著雨，顯非好兆頭。

可是我若回頭，豈不讓同學看笑話，說我虎頭蛇尾，缺乏膽識勇氣。

我在肇事的大貨車附近，逗留了好一會兒，遠遠看著躺在草蓆下的「那個人」的雙腳，猶豫著要「識時務為俊傑，回頭是岸」？還是賭一把、勇敢接受挑戰？

最後，我決定照計畫執行，於是心一橫牙一咬，大聲唱著軍歌騎下去了。

一路的艱辛，風吹日曬雨淋自不在話下，天未亮就上路，天黑了再找地方投宿，一天騎一百多公里，兩天半時間騎抵高雄，途中還繞回麻豆老家找親戚。

第四天回程，當車子騎到彰化時，碰上傾盆大雨，天昏地暗，外加閃雷驟雨，基於安全考量，便人車一起托運回台北。

從台北火車站騎車回木柵租屋處，發覺兩腿僵硬，竟無法爬樓梯，同學知道我回來了，紛紛下樓來把我半抬半舉的抬上樓去，戲稱是迎接英雄凱旋歸來。

我則慶幸終能如願完成單人獨騎半島之旅，對體力、毅力、意志，都是很大的考驗和磨練，而我通過了。

14 昨晚誰爬牆報到？

很快房間燈光大亮，窗戶也打開了，是位教官。他說：「噢！蕭福松，就等你一個。」看到我從窗戶爬進他房間，他突然像想到什麼，忙問我：「咦！你怎麼進來的？」

世新三年，除了學會新聞記者編採攝影十八般武藝之外，也額外學會了一項本領，就是「爬牆」。

世新的特徵就是那個長山洞，這是學校唯一的出入口，除此之外，學校後方運動場旁邊也有個後門，方便從考試院那頭來的人進出。當時學校沒有宿舍，學生都租住外面民宅，而民宅則環繞著運動場圍牆外圍，隔條四、五米寬巷道林立。

住靠近學校後門的學生，以及在考試院站牌下車的學生，都會循規蹈矩的從後門進出，但圍牆另一邊的學生因距離遠，要他們繞個大圈走後門，可能要多花上十幾分鐘時間，因此，爬牆成了唯一的捷徑。

不只男生爬牆，連女生也不甘示弱跟進，當然因爬牆而出糗、鬧笑話的情形也隨時可見，有時不小心，掛彩亦難免。

話說有一回上課途中，一位住在圍牆邊的同學，鬼鬼祟祟溜進教室來。此生貪睡，一聽到上課鐘響，來不及刷牙洗臉，書本一挾，便要翻牆入校，左腳跨過去了，右腳卻待過竿時，可能睡眼惺忪，角度沒抓好，褲管剛好被圍牆鐵欄杆上端的尖矛勾住，一陣撕響，褲管變褲裙了，回去換褲子嘛，怕趕不上點名，只好遮遮掩掩閃進教室，待點完名後，趕快溜回去換褲子。

學校怕學生爬牆危險易發生意外，嚴禁學生爬牆，除了掛牌警示外，教官也時時巡察，逮到的話，少不了警告一支。就經常看到教官在操場追著學生跑，只見五、六個學生像猴子般，手腳俐落地翻牆而過作鳥獸散，氣得教官站在圍牆內直跺腳，吹鬍子瞪眼睛。

一回上體育課，體育老師正大聲點名，點到綽號「毛頭」的劉兄時，不見有人回應，大家你看我我看你，正尋找毛頭芳蹤時，只聽得毛頭在圍牆外邊大聲喊：「有！」然後邊翻牆邊對著老師說：「來了！來了！」看得全班捧腹大笑，老師又好氣又好笑，搖頭大嘆：「真是孺子不可教也！」

二年級暑假，我獲學校推薦連續參加三個研習會，就在結束中壢忠愛莊「戰地政務研習會」之後，連夜趕車到台中「台灣史蹟源流研究會」報到。

研習地點設在一所專科學校，地點相當偏僻，等我輾轉搭車趕到時，已是晚上十一點過後了，早過了報到時間。見校門緊閉，附近又沒有住家，心裡不禁暗自叫苦：「怎麼辦呢？」

進無路退無步，左思右想，看看學校鐵門雖高，但尚可一爬，便把背包先丟進去，然後小心翼翼，手腳並用，三兩下便翻牆進去。

校園裡黑壓壓一片，伸手不見五指，摸黑挨著教室一棟棟走，好不容易看到一個小房間窗戶，透著檯燈橙黃色燈光，我心裡一喜：「有救了。」

便穿過樹叢，湊到窗戶邊，用手輕叩玻璃窗，這一敲，顯然驚嚇到房間裡頭的人，忙問：「誰？」

我應道：「蕭福松，來報到的。」

很快房間燈光大亮，窗戶也打開了，是位教官。

他說：「噢！蕭福松，就等你一個。」

看到我從窗戶爬進他房間，他突然像想到什麼，忙問我：「咦！你怎麼進來的？」

我回：「爬牆進來的。」

第二天早餐的時候，很多學員爭相打聽：「昨晚半夜爬牆進來報到的是哪位啊？」

15 事後諸葛不亮

高教授略帶戲謔地說：「他啊！聰明是聰明，就是反應遲鈍。」同學印證我平時愣頭愣腦的，果有幾分準確，正瞎鬧起鬨，不意老師又補了句：「不過啊！等他反應過來，跑得可比誰都快。」這下同學又抗議了，老師還是偏心。

世新考試，為防止學生作弊，都採梅花樁式排定座位，前後左右，沒有一個是同科系的，想通風報信或眉目傳情，門都沒有，只有自求多福，靠自己了。對平時用功的學生來說，考試並不困難，但對愛玩或對該學科不感興趣的同學來說，那毋寧是個難關，搞不好還有挨「當」之虞呢！

由於在學校，素有「專門領獎學金的蕭福松」美譽，因此，每逢考試，便有同學打我主意，當然，我也樂於當施主。當時還沒影印機，這些懶同學，筆記借他們抄猶嫌麻煩，一不做二不休，乾脆一人撕一張，臨陣磨槍碰運氣了。

誇張的是，我這些寶貝同學竟都能勉強考過六十分過關，有過一次成功經驗，每逢考試，他們就忙不迭地找我打躬作揖，千拜託萬拜託，要我行行好，務必同意我的筆記本借他們「分贓」，以解倒懸之苦。

事實上，我在班上成績一直名列前茅，國文和心理學更曾締下最高分紀錄。教國文的高樹藩教授，國文造詣很深，曾編著「正中形音義大辭典」，上課很風趣，常會引經據典，外加說些稗官野史，加深同學印象。

他對我的作文很賞識，常給高分，期中考、期末考國文成績更高達九十八分、九十九分，惹得同學抗議老師偏心。

高教授笑問：「他的文章，你們寫得來嗎？」

同學應道：「的確寫不來，又臭又長的。」

高教授因我常領獎學金，自不免誇讚一番，隨後話鋒一轉說：「蕭福松啊！其實是事後諸葛亮。」

同學一聽，有意思，好奇地問：「怎麼說呢？」

只見高教授略帶戲謔地說：「他啊！聰明是聰明，就是反應遲鈍。」

同學印證我平時愣頭愣腦的，果有幾分準確，正瞎鬧起鬨，不意老師又補充道：「不過啊！等他反應過來，跑得可比誰都快。」

這下同學又抗議了，老師還是偏心。不過，從此，我多了個外號，叫「事後諸葛不亮」。

高教授對我很好，送我好幾本他寫的有關謀略致勝的書，希望我開竅、學滑頭點，只可惜我天生「智晚開」，始終不開竅。當然，這「事後諸葛不亮」也成了同學常揶揄我的笑話。

至於「心理學」更有意思了，平時我對命理書很感興趣，唸心理學，不免中西合併，加以融會貫通。考試時，更是知無不言，言無不盡，寫得滿滿一張不說，正面寫完，寫反面，反面不夠寫，再翻過來寫正面，把個心理學真意發揮得淋漓盡至。

教「心理學」的楊極東教授發試卷時，特地把我的試卷留在最後面，然後大聲宣佈：「蕭福松，九十九分。」頓時，全班嘩然，不敢置信，我也頗感意外。

楊教授說：「蕭福松的申論相當好，不但詳述基本理論，且能舉實例說明，我認為他這分試卷非常完美。照理說，應該給滿分，可是我又不甘心給滿分，好不容易在他試卷上找了個錯別字扣一分，所以是九十九分。」同學聽了，鼓掌歡呼叫好。

楊教授也送了好幾本心理學書籍給我，算是鼓勵，好笑的是，我熟讀心理學，卻不怎麼瞭解自己。

16 我的初官小史

成功嶺暑訓時，我被選為學生會主席，當時連長就跟輔導長說我是塊當兵的料子，等到了鳳山衛武營接受預官基礎教育，連長又指定我擔任實習連長。他說：「別看他個子小，動作很標準，嗓門又大，氣勢昂揚，領導統御能力很強。」

兒子今年國醫畢業，肩上多了條槓，是少尉醫官，我對他說：「兒子啊！你是咱們家族第二個當官的。」

他愣了下，低聲問：「那第一個是誰？」

「嗯！嗯！」我清清喉嚨，昂聲地說：「當然是你偉大的父親。」

我這一說，他差點噴飯，一雙大眼看著我，滿是狐疑和不可置信，顯然他小子不相信「本官」也曾當過官，還是中華民國海軍軍官呢！

話說我那個年代，大學畢業扣掉在成功嶺大專暑訓的兩個月，還要再服一年十個月的義務役。這一年十個月的役期，說長不長，說短不短，但關係可大呢！

考得上預官就當軍官，考不上就當大頭兵，福利待遇差很多，不想跟自己過意不去，於是很認真地讀，競爭激烈程度不下考大學聯考，皇天不負苦心人，我終於如願考上了。

早在成功嶺暑訓時，我被推選為學生會主席，常需帶隊出操及領唱軍歌，當時連長就跟輔導長說我是塊當兵的料子。等到了鳳山衛武營接受預官基礎教育，連長又指定我擔任實習連長，輔導長問：「我們連上個子高、塊頭大的一大堆，怎找他當實習連長？」

老連長是行伍出身的，對輔導長說：「你別看他個子小，動作很標準，嗓門又大，氣勢昂揚，領導統御能力很強。」強不強，我自己不知道，只知道家裡老狗「小乖」，常常不聽我口令，有時還擺臉色給我看哩！

在北投復興崗完成預官分科教育後，我幸運地抽到海軍艦隊司令部，報到當天，海軍十二員、陸戰隊四十五員，一起搭火車南下高雄。

出了高雄火車站，來接我們的是一輛灰色大巴士，接陸戰隊的則是兩輛大卡車，同梯陸戰隊預官有人抱怨道：「怎差那麼多？接他們像少爺，接我們像載豬。」引來一陣大笑。

我上了陽字號驅逐艦——華陽艦，海軍是國際軍種，排場氣勢果然都不一樣。我這土老陸第一次登艦，就像劉姥姥逛大觀園，既新鮮又好奇，當然也是「土氣」

十足。

換了白色海軍官服，裡頭還是陸軍綠色汗衫，惹得眾人笑我是「土老路」。軍艦艙門是橢圓形，又矮又窄，通過時都要低頭躬身，但我陸軍待了半年，早習慣走路抬頭挺胸，結果就是撞得滿頭包，撞了幾次，自然就學乖了，還學會袋鼠跳，一躍而過。

海軍雖然階級分明，但因同在一條艦上，風雨同舟，生死與共，官兵間感情融洽、合作無間。艦上二百多名官兵，來自五湖四海，各路英雄好漢都有，有打魚的，有開怪手的，有當老師的，也有當乩童的，當然少不了也有調皮搗蛋鬼。

這些小傢伙有道是大過不犯小過不斷，三不五時偷個懶、開個小差，雖不是什麼重大惡行，但總像條毛毛蟲在那裡搔著擾著，惹得隊職幹部經常得把這些調皮搗蛋鬼集合到甲板上訓話收心，外加勞動一番。

但或許「刑罰」太輕，不痛不癢，小傢伙們依然故我，便有人想到我這來自陸軍、幹過實習連長的「土老陸」，應有足夠的威勢震懾那些小鬼，竟建議艦長找我當「第八隊」隊長。

驅逐艦正式編制只有七個隊，依任務編組，分別是槍砲、帆纜、航海、戰情、輪機、損管、勤務等七個隊，哪來第八隊？可想就是「管訓隊」，我這政戰官竟兼起副業，幹起管訓隊長來。

大太陽天，日正當中，我把各隊陳報來的調皮搗蛋鬼全集合到後甲板上來。南部七月天，正午的太陽又大又毒，打赤腳站甲板，腳底馬上起泡，不讓這些少爺吃點苦頭，還真把到海軍服役當作參加海上戰鬥營。

看小傢伙們斜戴便帽，服裝不整模樣，我心裡就有氣，再看他們一個個歪七扭八，站沒站姿，好像身上少了幾根骨頭似的，更火了，大喝一聲：「統統站好。」眾人一驚，忙自動看齊站好，他們知道政戰官是玩真的。

我開章明義宣布本隊成立的宗旨、目的，大家合作的話，早成立早解散，不然的話，本官每天中午奉陪各位到一點半開工為止。

先來段義正詞嚴的宣示，接著便是全套陸軍基本教育，外加到碼頭跑上幾圈。幾天下來，小傢伙們再不敢那副吊兒啷噹的死樣子，帽子戴正了，服裝整齊了，鬍子也刮乾淨了，骨頭也調整好了，再不會三七仔那副德性。

頂著大太陽在甲板上出操，別說他們吃不消，我也受不了，更何況犧牲午睡，陪這些少爺曬太陽，又沒得領加班費，有點划不來。

但礙於在艦長面前誇下海口，若就此草草收隊，豈不讓眾官兵看笑話，也有損本官官威，便硬撐著，反正我陸軍待半年挺耐曬的，倒是這些調皮搗蛋鬼受不了了。

一天中午出操完，眾人圍著我說：「政戰官，拜託啦！能不能不要出操。」

我正巴不得他們先開口，因為我也受不了了，不過，還是一臉正經八百模樣。

我說：「行，只要我報告艦長一聲，隨時可以解散。」

眾人聽了大樂，我打蛇隨棍上，要他們尖著耳朵聽好：第一、要服從艦上隊職幹部命令；第二、再不准偷雞摸狗，規規矩矩上工，盡本分做好份內事；第三、表現好的話，禮拜天帶你們去郊遊。

這招心理戰術果然管用，可謂恩威並濟、軟硬兼施，小兵們拍手叫好，相約遵守。果然晚餐時，有隊職官誇稱第八隊成效很好，那些桀傲不馴的傢伙乖巧聽話多了，少不了灌我很多迷湯。

我說：「少來了，都是你們出的餿主意，害我一個禮拜沒午睡，又天天曬太陽。」

禮拜天早上，正窩在冷氣艙房裡睡懶覺，八隊班頭來到我床邊，搖醒我說：「報告政戰官，您不是要帶我們去郊遊嗎？」

哇咧！真厲害，才開張支票就急著兌現。

下到士兵住艙，果見他們都換好便服，等著我領他們下艦。算算人頭共十二個，加上我一個，不就成了十三太保嗎？好吧！郊遊去。

小兵們是調皮搗蛋，但都聰明機靈且很會搞笑，一路上惹得同車乘客大笑不已，就在這種良性互動下，我成了他們最好的朋友，他們也成了我最好的幫手。

「第八隊」是集體懲處的開端，卻更促進官兵間的情感交流，往後各隊常輪流舉辦郊遊，「出操」成了我們週日郊遊的代名詞。

退伍後，晉升海軍中尉

17 天才小水兵

駕駛台因艦長坐鎮，氣氛顯得格外靜肅，除了外頭風浪聲外，駕駛台裡可說鴉雀無聲。不多久，擴音器裡傳來瞭望兵不輪轉的台灣國語：「右舷瞭望報告，左舷海面發現無目標。」眾人一聽，全傻了，什麼跟什麼嘛！

軍艦泊靠左營碼頭，晚上吃過飯後，幾個小官閒閒沒事，便一起去看電影。當時戲院正上映一部美國西部片，英文片名是 *My Name Is Nobody*，中文譯名叫《無名小子》。

眾人看到這片名，還討論著英譯中不容易，不但要信達雅，而且要翻譯得貼切、傳神更屬不易，偏偏艦上一位小學畢業程度的小兵，他就有這個本事。

一日，本艦在巴士海峽巡弋，艦長坐鎮駕駛台指揮，官兵各司其職，全神貫注開航著。

到了某一定點後，艦長要值更官傳令瞭望台報告，瞭望台位處艙面最高點，就像一般宮廟前廣場大桅桿上的方形木斗一樣，有懼高症的人上不到一半就腿軟了。

因此，當瞭望的不但眼力要好，看得遠看得仔細外，也要心臟夠強，才禁得起在高高的桅桿上盪來盪去。

值更官拿起話機，傳達艦長指令：「瞭望報告。」

駕駛台因艦長坐鎮，氣氛顯得格外靜肅，除了外頭風浪聲外，駕駛台裡可說鴉雀無聲。

不多久，擴音器裡傳來瞭望兵不輪轉的台灣國語：「右舷瞭望報告，左舷海面發現無目標。」

眾人一聽，全傻了，什麼跟什麼嘛！

右舷瞭望幹嘛報告左舷海面情況？沒有目標就報告沒有目標，幹嘛又來個「發現無目標」，非止咬文嚼字，簡直就是畫蛇添足、多此一舉。

眾官兵面面相覷，忍俊不禁，強忍著不敢笑出來。留美的艦長也聽得一頭霧水，值更官則臉都綠了，深恐挨艦長刮鬍子，忙又拿起話機重覆一遍：「瞭望報告。」

很快，再傳來那位寶貝水兵的台灣國語：「右舷瞭望報告，左舷海面發現無目標。」

駕駛台裡再隱忍不住，爆出一陣哄堂大笑來，平時難得笑容的艦長也忍不住笑了出來，對值更官搖搖頭說：「真是天才。」

這個天才是誰？除了艦長以外，大家都知道，就是當兵前在三太子廟當乩童的阿財。三不五時會即興來上一段「倒退嚕」、「牽亡歌」，想不瘋狂都難。

大夥兒有時也會請他表演一下「起乩」，那般手舞足蹈、搖頭晃腦、口中唸唸有詞模樣，逗得其他小兵跟著跳腳，常帶給艦上無窮的樂趣和歡笑。

也不知阿財今天是腦袋少了哪根筋，還是東海龍王附上身來，竟有此神來之「言」。不過，若以「理則學」觀點來說，還頗合乎邏輯的，只是太深奧了些，沒幾個人聽得懂。

下了更，我和醫官爬上瞭望台一探究竟，看看阿財在搞啥鬼？

阿財頭上戴著耳機，嘴裡哼著流行歌，看到我和醫官出現，和他擠一個瞭望台，嚇了一大跳，緊張地問：「報、報、報告，您們怎麼上來了？」

醫官故意板著臉說：「剛才你胡亂報告，艦長要關你錨鍊艙。」

哇！這可是大刑罰哩！就像上惡魔島一樣。阿財緊張了，苦著臉說：「我沒有胡亂報告，我是照實際狀況報告啊！」

醫官說：「那你再報告一遍。」

阿財又照他之前通報的重述一遍，「右舷瞭望報告，左舷海面發現無目標。」還是同樣一個調調，一字都不差，且說得蠻順口流利的。

至此，我們確信阿財的確是「上帝的選民」，有夠天才的。

別看阿財長得瘦瘦小小土土的，還頗有男子漢氣慨。

有一天，他和我一起值梯口更，對我說：「報告政戰官，阮七仔（女朋友）跟我切了（分手）。」

我問：「為什麼？」

他一副理所當然的樣子「兵變嘛！」

再問：「那你打算怎麼樣？」

他挺挺瘦又薄板的胸脯傲然地說：「驚什麼，天涯何處無芳草，何必單戀一枝花。」

嚇！要得！還是標準國語呢！

18 我當大王囉！

打從接到通知後，艦上官兵便開始調侃我，左一聲「大王」，右一聲「大王」，叫得好不諂媚。鬧著好玩，我也裝腔作勢，睥睨斜視著漫應道：「啥事呀！小囉嘍們！」

海軍由於任務特殊，常年在海上漂泊，加以必須隨時保養裝備、油漆艦身，經常弄得一身油汙，乍看之下，活像個難民似的。特別是終日窩在艙底鍋爐邊的輪機兵，因艙底溫度高，有些人不耐濕透的工作服，乾脆打赤膊。

開航時，就常看到輪機隊的小兵光著上身，頭綁著毛巾，打開艙蓋冒出來，還以為是哪來的海盜。就因為水兵經常得操砲、收纜、收管線、維修機件、上油漆、加重油，若再加上戰備演習、暈大浪嘔吐，那一身狼狽樣是很可想像的。所以在船上或者船開航時，對士官兵的服裝儀容並不會很嚴格要求。

當然，這是在艦上、在自己「家裡」，才能如此方便自在，一旦出門下了梯口，就得打理整齊，所以在外頭看到的水兵，個個都是英俊瀟灑的少年家。

可是也有一些「散兵游勇」，急著下船辦事，或是船靠了岸，到碼頭官兵休服中心喝上幾杯自我犒賞，有貪杯不勝酒力者，走路就歪斜，在海上暈船，上了陸地還是暈船。

這些尚可原諒，但若遇有衣著邋遢、儀容不整，甚至酗酒鬧事者，就有礙軍容、有損軍威，不可原諒，只有軍紀伺候了。

因此，艦令部在軍區碼頭設有糾察小組，由擔任值勤的一級艦，通常是驅逐艦，遴派一名軍官擔任糾察官，負責港區內士官兵軍紀的糾察工作。

由於糾察官的權限很大，港區內各單位，不管是艦艇或岸勤單位士官兵，一經登記，輕者關禁閉、罰勞役，重者送憲兵隊。糾察官乃令人望之生畏，又因為必須帶隊在碼頭四處巡查，水兵們便給他取了個渾號，叫「碼頭大王」。

一日，艦上遴派我擔任碼頭糾察官，這可是神聖的任務耶！

久聞「碼頭大王」威名，沒想到竟也讓我幹上了。

打從接到通知後，艦上官兵便開始調侃我，左一聲「大王」，右一聲「大王」，叫得好不諂媚。鬧著好玩，我也裝腔作勢，睥睨斜視著漫應道：「啥事呀！小囉嘍們！」

待穿戴整齊，臨下梯口時，小兵們又再次叮嚀：「報告政戰官，碰到咱們艦上弟兄，可千萬要手下留情，別登記喔！別條艦的多多益善。」

咱家聽了，不禁龍心大悅，連連點頭，回：「OK! OK! No Problem!」

開始巡視了，但見下官我帶著兩名身高一七八公分以上，體格魁梧壯碩的糾察兵，沿著港區大道一路巡查。我走前面，糾察兵走後面，那番威風凜凜的樣子，真的不可一世，只差前頭沒人敲鑼喊「威武」，舉「迴避」、「肅靜」牌示開道，不過那味道也差不多了。

威風是威風，不過那搭配也怪可笑的，瞧下官我身高號稱一六三公分，率著兩名高頭大馬、

被遴派當「碼頭大王」，和糾察兵合影

彪形大漢的糾察兵巡查。那畫面就像一隻小猴子領著兩頭大猩猩在街上閒逛一樣，又好像廟會遊行中，八爺范將軍走前，七爺謝將軍走後一樣，滑稽又好笑。

最妙的是，附近岸勤單位養的一條大黃狗，竟也煞有介事地走在我們前頭。瞧牠搖頭擺尾，一副「搖擺」跩樣，三不五時，還回頭瞧瞧我，真是「狐假虎威」、「狗仗人勢」的傢伙。

說是「碼頭大王」，一點都不誇張，看咱們挾秋風掃落葉之勢而來，眾人見狀，無不自動退避三舍，遠遠就躲開去。那番情景，真是人見人怕，大有少惹為妙之感。

更絕的是，當糾察小組往路口這麼一站時，但見大兵小兵們遠遠就躲開去，除了汽車外，所有機車、腳踏車一律改道，真有如看到凶神惡煞一樣。

瞧在眼裡，覺得好笑，回頭對兩位糾察兵說：「我們真是罪過，在路口這麼一站，竟把整條馬路給封鎖了。」

難怪「休服中心」拜託我們不要去，怕影響生意。

19 阿我的船呢？

我們站在觀音亭瀏覽四周風景時，電工官突指著不遠處，一條緩緩駛離的船影，以不可置信的口吻，大聲嚷道：「那不是我們的船嗎？」定睛一看，果是我們那艘寶貝艦，可是怎那麼快就開船呢？

船上偶而會發生「丟人」事件，但不是丟臉糗事，而是有人趕不及登船，而船也不等人，於是就丟人了。

由於經常有兩小時待命、四小時待命，也有突接指示即刻開航情形，就常發生「望船興嘆」的趣事了。

有一次艦泊靠左營碼頭四小時待命，官兵都不敢遠離，只在碼頭附近溜達活動。文書官看看手錶，估算他到休服中心採購點日常用品，來回二十分鐘，應是綽綽有餘，便跟值更官打了聲招呼，下船去了。

官兵也有到休服中心購物、喝冷飲的，但都三五成群，萬一臨時有狀況，彼此較有個照應，也好通報。唯獨文書官臨時決定下船的，大夥兒有看到他進休服中心，之後就不見人影。

突然，艦上汽笛大鳴，要出港了。

本艦官兵聞訊，紛紛奔跑著上船，就在水兵七手八腳收纜繩、收管線，準備離港時，值更官突想到好像沒看到文書官登船，問士兵都說有看到他進休服中心，卻沒看到他出來。

開航在即，顧不得等他一人，只好放他鴿子了。

就在艦離碼頭七、八公尺之際，小兵通報看到文書官了。眾人抬眼看岸上，果見文書官手裡拎著一袋日用品，氣急敗壞地飛奔前來，但艦早已離岸，一水之隔，他倒像來送我們出航的。

隔著水道，看文書官兩手一攤，一副無可奈何模樣。值更官隔空喊話：「你剛跑去哪裡了？」

文書官扯著嗓門說：「我喝了碗綠豆湯後，肚子突然絞痛，便到廁所蹲大號，哪知一出來，人全跑光了。」

眾人聽了哈哈大笑，調侃說：「非戰之罪，天意如此。」

站波的小兵也朝文書官揮揮手，相約三日後再見面了，這三天，文書官要自謀生活了。

這次的「丟人」事件，只丟掉文書官一人，算是小笑話，最誇張的一次，是一次丟了四個軍官，那才是大笑話。

那時，我們船泊靠澎湖測天島，也是四小時待命，大夥兒料想在一六〇〇前應該不會有狀況，便文書官、電工官、醫官和我四人，相偕到馬公市小逛一下。

我們在馬公市的確只是小逛一下而已，之後到觀音亭。就在我們站在觀音亭瀏覽四周風景時，電工官突指著不遠處，一條緩緩駛離的船影，以不可置信的口吻，大聲嚷道：「那不是我們的船嗎？」

定睛一看，果是我們那艘寶貝艦，可是怎那麼快就開船呢？

四人再沒遊興了，匆匆趕回碼頭，軍區衛兵交給我們一張副長留的紙條——「爾等臨陣脫逃，該當何罪？各賞五十大板，回來再算，這幾天伙食自理，別跑遠了，記得來接船。副長留」。

再見到艦上弟兄，已是三天後了，像暌別已久的親人，相見時倍感溫馨親切。其實，軍艦早已是我們的家，大家都有濃濃兄弟般的感情。

副長看到我們，少不了揶揄一番：「你們四個還真會挑時間摸大魚，少了你們四個，船差點開不動。」

醫官及時奉上一句馬屁話：「副長英明，有您在一切安啦！」大夥兒聽了，笑做一堆。

船上除了偶爾會發生「丟人」事件，把迷糊蛋、採買、信差丟在碼頭外，還曾發生「跳船」事件，但不是逃兵的跳船，而是新報到軍官一個箭步「跨海」跳上船來。

原來的電工官退伍了，之前只聽說要補人，卻不知派誰來，更不知何時會報到。

當時我們軍艦停靠在基隆碼頭，上午十點接到命令即刻啟航。

正當小兵收回纜繩，拖船頂著艦首慢慢轉向要駛離港時，只見一個小夥子揹著大背包，氣喘吁吁地跑到岸邊，大聲問：「請問是不是華陽軍艦？」小兵答是。

接著，他大聲喊道：「我是新來的電工官，要報到。」

此時艦身緩緩移動，艦首離岸已有六、七公尺了，僅艦尾部分距離碼頭大約還有一．五米寬。眾人正猶豫著要不要讓他上船，因船已離開岸邊，不可能為了讓電工官報到，再重新泊靠碼頭，那可是大費周章的大工程。但若叫他跳船，萬一不慎掉落海裡，這責任誰都擔不了。

正當眾人猶豫不定，而艦身和碼頭距離逐漸加大之際，只見電工官卸下大背包，奮力一甩，先將大背包丟到艦上來，然後看他退後好幾步，迅速地以跳遠姿勢縱身一躍，跳上船來，眾人一陣喝采。也幸虧電工官身高腿長，一躍就過，若碰上我這短腿族的，恐怕早就一頭栽到海裡涼快了。

午餐時，眾小官幫電工官接風，歡迎他加入我們的行列，並問他幹嘛急著報到，害大夥兒都為他「縱身一躍」捏把冷汗。

電工官說：「我不跳船行嗎？艦令部說你們船在澎湖，等我到了澎湖，說你們已回左營，我到了左營，又說你們船上基隆來，幸虧我搭計程車趕到，不然，天涯海角不曉得到哪裡找你們。」

大夥兒因為電工官的「千里尋艦」精神痛飲一杯，更為他明智果斷的「一躍」，致上最大的敬意，否則，還真不知何時何日才能相見呢！

20 戀愛顧問

輪機官是海官高材生，三十來歲了，可生就一副少年老成模樣，外表就不怎麼討喜，再加上一年到頭窩在軍艦艙底，別說女孩子看不到幾個，連天上星星，他都難得看到幾顆。

當海軍就像跑遠洋的行船人一樣，到處流浪，四海為家，我們艦就經常基隆、馬公、台灣海峽、巴士海峽到處跑，左營則是大本營。

話說在一次漫長艱辛的航程之後，我們船回到左營，船一回到左營，就像回到老巢一樣，小兵跑得剩沒幾個，軍官也溜得差不多。

我因值二〇〇〇~二四〇〇的梯口更走不了，但值更也怪無聊的，碼頭空蕩蕩的，艦上也冷清清的，便和梯口衛兵鬼扯、瞎掰，盡述各人平生「戀愛史」。

一位小兵大談他的「亂愛史」，可謂洋洋大觀、輝煌的不得了。

原來我們這位寶貝仁兄當兵前，在一家酒店當少爺，酒家裡多的是鶯鶯燕燕，加上他老兄長的雖不是挺帥，卻能言善道，頗有女孩子緣。在酒店裡，他倒成了

「天之驕子」——萬人迷了。

上了船來，他老兄不但未鬧「兵變」，反而眾女爭相來信「示愛」。每次看我們這位「不怎麼樣」的小兵仁兄有那麼多情書，我這老朽政戰官不禁又是汗顏，又是羨慕的不得了。

他老兄也不避諱他的「亂愛史」，直扯個天花亂墜，聽得我瞠目結舌，好生怨嘆：「為什麼男主角是他不是我？」

他老兄說得興起，竟搬出一大疊情書來，要我提供卓見，好化解他的眾女之爭。真想告訴他：「算了吧！撥一半人馬過來，本官幫你分勞解憂。」

好傢伙，真有他的，瞧他年紀輕輕，竟啥玩意都搞過，且好像他老兄是潘安、宋玉再世似的，竟有如此多的妞們愛他、追他。

下了更，我忙到盥洗室，對著鏡子仔細端詳自己老半天，不禁暗嘆一聲：「唉！不要嫉妒人家，實在爸媽把我生得不怎麼樣。」

後官廳有六位小官，三個海官，三個預官，都是二十六、七、八、九歲的人了，或許多唸了幾年書，臉皮反變薄了，竟無一是「名花有主」或「使君有婦」，和小兵們比起來，我們實在太遜了。

但等過了春天，一切似乎有所轉機，後官廳不再是桌球、橋牌、象棋玩意了，

「切磋戰技」、「教戰守則」、「如何把馬子？」成了我們新的研習科目。我這個職司官兵生活及心理輔導的政戰官，自然成了他們的諮詢對象、戀愛顧問，偶爾還得客串一下「電燈泡」呢！

唸醫學系的男孩子最吃香了，不但常上演「女追男」的戲碼，而且還聽說有準泰山贊助學費，先行預約「乘龍快婿」的情事。

我們醫官雖沒被人「訂」走，不過，卻被一個富家女「盯」的很緊，三天兩頭就來封限時信，並且文情並茂、情意綿綿，只可惜「落花有意，流水無情」。

醫官對這位小姐並不感興趣，偏偏他又一副菩薩心腸的仁心仁德醫官，拿得起卻放不下，一副優柔寡斷、藕斷絲連樣子，教對方誤以為遇上如意郎君，竟不顧女孩子的矜持，一反「男追女」常理，反倒過來「女追男」，追得醫官有點招架不住，找我求救。

我說：「現在『媒頭』燒上門來了，唯一辦法，只有婉轉說明、強烈表態。」有了這個最高指導原則，醫官吃過晚飯後，連夜搔首絞腦汁，費了好大工夫，終於完成一封長達四頁，總共二千多字的「愛的美敦書」，拿給我看，要我提供意見，並作文辭修飾。

醫官這回是鐵了心，不像寫情書，倒像下戰帖。我一看，乖乖！幫不得忙，拆散人家姻緣，這可是要下十八層地獄的，只好推說「解鈴還得繫鈴人，閣下看著辦吧！」

不多久，女孩又來信，醫官也立即回應，但不是善意的回應，而是打「筆戰」，結果如何？他沒告訴我，我也不便問。

倒是有一次放假日，我和他逛到一間大廟，順便拜拜。但見他老兄雙手合十，微閉雙眼，嘴巴唸唸有詞，狀至虔誠，想來應已「脫離苦海」、心如止水了吧！

相較之下，輪機官就單純多了。

海官高材生，三十來歲了，可生就一副少年老成模樣，外表就不怎麼討喜，加上個性木訥、憨厚，雖說為人熱忱、講義氣，工作又負責認真，但女孩子哪管這些，不帥也得酷，否則就不夠看。可憐輪機官一年到頭窩在軍艦艙底，別說女孩子看不到幾個，連天上星星，他都難得看到幾顆。

如此蹉跎，三十好幾了，家裡急他也急，幸好「憨人有憨福」，終於有媒婆介紹一位家住鳳山的女孩子，聽說長得不錯也蠻乖巧的，輪機官拜託我務必陪他一趟去「相親」。

赴會當晚，相約在一家冰果店見面，女孩子也帶了個跟班來，四個人坐定，你看我，我看你，不知從何說起好。

眼看場面有點僵，輪機官直踢我的腳，要我先開口。心想，反正我也不是主角，講錯話無妨，便從我預官基礎教育在鳳山衛武營受訓，輪機官家住鳳山，小姐們家也住鳳山，大家都是有緣，才會在鳳山相聚。

開場白胡扯了一堆，大家說說笑笑，氣氛漸漸熱絡，我也順勢推薦輪機官為人忠厚老實、忠黨愛國，將來也一定是個愛家的好男人。

充當戀愛顧問的稚嫩小少尉

第一次約會很成功，一週後，第二次約會，對方少了個跟班，我倒顯得多餘。為了不破壞氣氛，我拿了份報紙，轉過身看報，偶爾回應他們的話。

我們輪機官臉皮比我還薄，兩次約會之後，猶不敢「單刀赴會」，每次總要拉我去當「電燈泡」。

不過，他說得好：「政戰官，行行好，積積功德，好人做到底嘛！老天也會保佑你將來取個好老婆。」

衝著後面這句話，我繼續當我的「電燈泡」，也樂得經常有免費的五百CC木瓜牛奶可以喝。結局當然是「有情人終成眷屬」，我還是大功臣呢！

21 伊不是吹噠滴的啦！

行經四維路，剛好碰到喪家出殯，樂隊吹吹打打，我和樂隊擦身而過時，彼此都愣了下，走在後頭那位打大鼓的，對著我咧嘴笑了笑。這時聽到送葬隊伍裡，有歐巴桑說：「伊不是吹噠滴的啦！伊是海軍，夭壽哦！擱生作真煙斗。」

海軍軍官的制服相當拉風亮眼，夏季一身白，白衣、白褲、白帽、白鞋，穿起來英挺、瀟灑，不知羨煞多少老陸。冬季則是黑色大禮服，雙排金扣金光閃閃，縫在兩袖袖口的金邊官階及兵科徽章，帥氣又穩重。坦白說，我愛死了海軍這一身官服。

初上驅逐艦，補給士送來全套海軍政戰少尉官服，白禮服、黑禮服，外加便服、工作服共五套，家當還真不少。我雖然腿短人矮，但好歹是中華民國海軍軍官，官服一換上，嚇！果然是英姿勃勃，人模人樣。梯口一站，值更衛兵讚道：「政戰官，帥爆了！」哇塞！樂歪了。

晚餐後，眾小官圍坐後官廳抬槓，槍砲官說：「好羨慕你們預官，上船一年四個月就說拜拜了，不像我們要待十五、二十年才能下船。這身漂亮帥氣的制服，穿在你們身上是榮耀，穿在我們身上就像枷鎖一樣。」

電工官笑道：「也不盡然，我們還羨慕你們可以經常遨遊四海、周遊列國，何況你們的女朋友一個比一個漂亮，還不都拜這身制服之賜。看你們這些官校生，個個英俊瀟灑，不知迷死多少小女生。」

每當我們穿著制服外出時，不但常吸引注目眼光，更引來小姐們關愛的眼神，當然也常會發生一些趣事。

一回，軍艦泊靠基隆港，港區與市區僅一條馬路之隔，眾人趕著上街，懶得換服裝，就身上穿的黑色大禮服，搖搖擺擺晃出去了。

行經一家觀光大飯店，見門口一位侍者穿著竟跟我們一模一樣，只差沒有袖章和階級，眾人均感好奇，倒是那位侍者一看我們這些正牌的海軍軍官出現，識趣地來個向後轉。

眾人打趣說，許是飯店鄰近軍港，叨叨海軍的光吧！

又一回，軍艦返回左營港，我值清晨四點到八點的更，一下更，來不及換衣服，就穿著值更的白色官服直接搭車回台東。

下車走路回家，行經四維路，剛好碰到喪家出殯，樂隊吹吹打打，引導著送葬人群。我和樂隊擦身而過時，彼此都愣了下，你看我，我看你，我差點脫口叫出

「同志」。

原來樂隊一身白，我也一身白，一時之間，送葬人群裡起了個小小的騷動。大家爭著看我，再看看正賣力吹著「總有一天等到你」的樂隊，搞不懂怎會有樂手脫隊？

走在後頭那位打大鼓的，對著我咧嘴笑了笑，我也微笑致意。這時聽到送葬隊伍裡，有歐巴桑說：「伊不是吹噠滴的啦！伊是海軍，夭壽哦！擱生作真煙斗（英俊）。」

穿著這一身白，燙得筆挺的海軍官服走在街上，的確有夠招搖，雖不敢以白馬王子自居，但應可媲美青蛙王子吧！只是白衣白褲最怕弄髒，因此行坐間，常得瞻前顧後、小心照護，避免弄髒了，有損本官官箴及海軍軍威。

可是人易躲，瘋狗卻難防，都快走到家了，沒想到巷口兩隻土狗戲耍追逐著，大概玩瘋了，兩隻竟然送作堆往我腳邊猛然靠過來，我左手拿書，右手提行李，閃都沒得閃，硬是給這兩條癩皮狗給貼上了。

低頭一看，我的天啊！白長褲上佈滿泥巴還夾雜著狗毛，擦得雪白的白皮鞋上面，還印了個狗腳趾印。

我氣炸了，大喝一聲，兩隻土狗夾著尾巴溜開了，我懊惱著好端端天氣，怎突然下了陣西北雨，淋得我一身狼狽又被狗欺負。

這還算小意思，有一回我輪休，那晚值更到零點，想想，與其在艦上睡，不如車上睡，可省下半天時間，也不換衣服了，手提袋一拎，下船趕夜車去了。

往台東的直達夜車上，幾位原住民高興地飲酒唱歌著，車廂裡充滿著混濁的煙酒、檳榔味，幾令人作嘔。

噩夢才開始呢！左一聲「呸！」、右一聲「呸！」漫天的檳榔汁飛舞，我拚命的閃躲，可是上身躲得，下身卻躲不得，白褲和白皮鞋早已斑斑紅點。

那幾位原住民老兄喝得起勁，早忘了身在何處？其中一個尿失禁，猛聽到後面有人大聲示警喊道：「腳抬起來，有人尿尿。」

就這樣，我半屈著腿一路坐回台東，可憐我這一身白淨漂亮的海軍官服，今晚蒙難矣！

22 大漢日報小記者

採訪的第一個禮拜，我猶騎著高中時代騎的那一輛老爺腳踏車，到各處採訪新聞，被同業揶揄：「都什麼時代了，騎腳踏車怎追得上新聞？」

我退伍後第一份工作，就是到台東大漢日報當記者，好笑的是，我竟是一個夭壽短命的記者。

唸的是世新大學新聞系，好似理所當然就是要幹記者，事實上，除了幹記者外，自己也不知道能幹什麼？

早在學校安排校外實習時，我因成績優異，原被安排在中央社實習，但因考慮家住台東，也希望日後能返鄉服務。因此，就聯繫台東地方報——大漢日報，徵求同意在暑假期間前往實習。

一個多月的實習記者採訪，獲益頗多，增添不少採訪實務經驗，也獲得報社同仁肯定，很希望我退伍後能回到報社當正式記者，做他們的生力軍，因當時報社還沒有正科新聞科系出身的記者。

服役時，我在海軍驅逐艦當政戰預官，大概報社怕我變卦，在我退伍前一個月，便把聘書、記者證、稿紙全寄到艦上來，頗有預訂之意。心想，既已答應人家，對方又有誠意，便決定回台東大漢日報當記者。

採訪的第一個禮拜，我猶騎著高中時代騎的那一輛老爺腳踏車，到各處採訪新聞，被同業揶揄：「都什麼時代了，騎腳踏車怎追得上新聞？」

說的也是，只是才退伍，身無分文，買機車談何容易？所幸當兵時，每個月都有寄錢回家，母親幫我存了下來，又在大姊秀鳳、二姊秀雲的資助下，買了輛嶄新的山葉一百西西機車，才算正式採訪上路。

自高中畢業後，前兩年分別在綠島公館國小及長濱南溪國小代課，之後上台北唸世新，畢業後，到海軍驅逐艦服預官役，雖說偶而休假會回家，但停留時間畢竟短暫。高中時代，又一心準備大學聯考，對台東的真實面貌，並沒有很深刻的認識和了解。

等幹了記者，經常大街小巷轉來轉去，各機關單位也跑熟了，眼光、知識、見解都放大了，才真正認識到台東的真貌。

我雖然老家是台南麻豆，卻在基隆唸小學，等搬到台東來，一住就是十幾年，算是第二故鄉。可能個性較淡泊寧靜，我特別喜歡台東這個有山有海、景色壯麗又民風純樸的「砂城」小鎮，在此當記者，毋寧是一件很愜意、愉快的事。

當時我主跑司法警政新聞，就是所謂的「社會新聞」，但台東地方不大，民風又純樸，想跑獨家新聞還真的不容易，只好以「No news is good news」〈沒有消息就是好消息〉自我安慰。

沒事情發生最好了，表示天下太平，當然是好事，可是對記者來說，「No News」就表示要開天窗囉！台東市雖然不大，好歹也有十萬人以上，有人的地方就有新聞，跑不到新聞，要怪自己功力不足，只是炎炎夏日，頂著大太陽，跑遍所有採訪單位，大街小巷也不知兜了多少圈，就是沒嗅到一點新聞味。

消防車靜靜地停靠在車庫裡，消防隊員三三兩兩泡茶聊天；派出所的值班簿，除了輪值警員及查勤督察的簽名外，事故攔一片空白；分局刑事組和縣警局刑警隊，也沒有任何事故通報，連法院和地檢署都像「暫停營業」似的，沒有一個顧客上門。

當時，不禁有種「記者難為」之感，也油然興起「唯恐天下不亂」的歹念頭，幸好老天有眼，未從我願，否則，不下十八層地獄才怪。

沒新聞是事實，但報社要新聞也是事實，總不能回報社說「今天沒新聞」就可交差了事。沒新聞就得想辦法製造新聞，於是像貓狗打架、阿婆生子、莽漢毆妻、悍婦馴夫等雞毛蒜皮事，全都上了社會版面，難怪有人批評媒體是製造業、修理業，甚至是屠宰業。

報導些有的沒有的，仍嫌不夠，便想到不如報導基層員警不為人知一面，如工作甘苦談、人情味新聞或為民服務事蹟。

我這一構想，原是為應付報社「填充版面」，沒想到平時盡忠職守、默默無聞的基層員警，因為上了報，一方面受到上級讚許獎勵，一方面也覺得受到重視、有成就感，於是更加認真勤務，也更重視為民服務事項。

一個有如基層員警「英雄榜」的專欄，成了員警努力表現最大的「誘因」，大家為求上報，無不使出渾身解數力求表現，當然這種效應是正面的。工作情緒被激勵，更多默默行善的好人好事被發掘報導，呈現的都是社會光明正向的一面。

基層員警自掏腰包幫民眾解燃眉之急的情事時有所聞，不僅給亟需援助的民眾及時慨伸援手，也充分發揮警愛民精神，更為民風純樸的後山台東增添不少濃濃人情味。

一回，一位怒氣沖沖的計程車司機揪著一名少年，氣急敗壞地衝進中興派出所，向值班警員黃武吉投訴少年坐霸王車，要求處理。

眾人一看，這少年家十六、七歲光景，一副鄉下小孩老實模樣，拎著個背袋，怯生生地站在值班台前等候發落。

計程車司機則是怒不可遏地述說，這位少年仔一大早八點，在高雄包了他的計程車，雙方言明到台東的車資六百元。於是大老遠地從高雄開車載他到台東來，哪知道到台東後，少年仔竟說他身上沒錢，他不甘損失，只好報警處理。

黃武吉問明原委，始知這位年僅十六歲的郭姓少年家住桃園大園鄉，原在台北一家成衣廠工作。在廠裡結識了一位家住台東市的大姐姐，大姐姐對他很好，二人以姐弟相稱。

前不久，這位大姐姐辭職，返東幫忙照料家中生意，臨別時留了家中住址，囑咐郭姓少年有機會到台東找她。

郭姓少年因工廠天天加班，不勝其苦，想辭職不幹，便想到台東來找大姐姐，希望能幫他找個差事，就這樣搭夜車匆匆南下。

由於郭姓少年從未出過遠門，身上盤纏帶的有限，原以為只要到台東找到大姐，車資就有著落。豈知倉促出門，竟忘了帶地址，車子在台東市區繞了好幾圈，仍不得要領，只有傻愣愣地看著計程車司機乾瞪眼了。

計程車司機眼看今天第一攤生意就此報銷，浪費時間不打緊，連回高雄的汽油也沒有，身上帶的錢又不夠加油，越想越惱，只好將坐霸王車的郭姓少年載至派出所請求處理。

經黃武吉一番勸解，郭姓少年答應回台北後，立即將車資寄還給計程車司機，問題是計程車司機沒錢加油回高雄，這可麻煩了。黃武吉沉吟了下，當即從口袋掏了三百元給計程車司機加油，並囑咐他好好載送郭姓少年至高雄。

郭姓少年對黃武吉的解圍十分感激，計程車司機也對黃武吉的慷慨解囊深表感謝，表示回高雄後，一定將「油資」寄還。隨後搖搖頭，邊走邊唸「有夠衰的」，悻悻然地載著郭姓少年離去。

事情原以為就此結束，黃武吉也沒把此事放在心上，但五天之後，黃武吉收到計程車司機寄還的三百元油資，並附了封信，對黃武吉的熱心助人表示由衷感激。信這麼寫到：「武吉兄：非常感謝您的協助，才得一路平安返回高雄，這位小兄弟，不再把他送派出所，回來高雄當天晚上，安頓在我家吃住。今天早上，介紹他到朋友開設的鐵工廠工作，在『損人不如救人』的原則下，我做了這樣的安排，心裡覺得好高興好安慰。弟林惠州敬上」。

一樁搭霸王車事件，因黃武吉警員的妥當處理，不但化解糾紛，又因及時慨伸援手，解決司機困境，因此，讓林姓司機深受感動，才有「損人不如救人」的體會，及「以德報怨」的義舉。

而這一切都是緣於黃武吉的善心愛心，就因善和愛會感染，計程車司機受感動，不但不計較郭姓少年搭霸王車，反而安頓他在家吃住，並熱心幫他找工作，人性的善良光輝往往由此發揚，很讓人欣慰。

老實說，記者工作雖然多采多姿，但壓力也蠻大的，擔心沒新聞、擔心漏新聞、擔心比較新聞。往往都得等到交完稿，離開報社才感到放鬆，但早已夜幕低垂，肚子也飢腸轆轆了。

有好長一段時間，我沒日沒夜地跑新聞，一直沒得休假，人累心也累。也不曉得是彈性疲乏緣故，還是得了職業倦怠症，老興起一股想好好休假的念頭。

有天採訪完新聞回報社發稿，一進報社便對同事說：「好累哦！好想休假上台北散心。」

同事開玩笑說：「我要是老闆，就立即准你休假。」

我一時口沒遮攔，突然脫口說：「不如報社關門，大家通通休假吧！」

女同事笑道：「呸！呸！呸！呸！你少烏鴉嘴了，報社關門，大家不都要回家吃自己了。」

我的烏鴉嘴還真靈驗，第二天下午進報社，編輯部同事迎面就是一頓排頭：「蕭記者，都是你這支大掃把，昨天才說要報社關門，董事會今天就宣布改組，要搬到彰化，大漢日報就營業到這個月底。」

我一聽，心裡不禁一震，忙問道：「此事當真？」

大夥兒說：「騙你幹嘛！經理部現在開始調查同仁意願，願意到彰化的就跟著去，不去的可辦資遣。你也不用請休假了，放你一個長假（失業）吧！」

嚇！還真神呢！昨天才說著玩的，今天馬上應驗，正得意自己的「烏鴉嘴」靈驗，繼而一想，完了！完了！報社關門，我豈不是要失業了？

回台東幹這個「大」漢日報的「小」記者還不到四個月，就要面臨失業，上帝怎麼可以跟我開這個玩笑？

也沒心情寫稿了，當然，休假也免了，更擔心這一「休假」下來，不知幾時才能重出江湖（復業）？唉！有點後悔回台東。

拿著薄薄三千元的資遣費，外加我寫稿的玻璃墊和印務部鑄字工人送我當鎮尺的一條錫塊，這就是我全部的家當。

黯然離開報社，也離開我退伍後的第一個工作崗位——「大漢日報」，結束了僅僅四個月的「短命記者生涯」。

23 殯儀館驚魂夜

停屍間位在殯儀館最裡頭，兩旁都是靈堂，朦朧間，依稀看得到往生者的黑白大照片，還有祭拜用的幡旗、輓聯、紙人，還真怕這些紙糊的假人，走下靈堂來跟我們打招呼。

我退伍後，第一份工作就是回台東當記者，主跑司法警政新聞，有事沒事就窩在警察局或派出所，因此認識很多警界朋友，也發生很多趣事。

當時任職中興派出所的黃武吉，是我認識的警界朋友中，大家公認最老實忠厚的一位。但可能就因為太相信他的「殷實表現」，有一次，就著了他的道，並且是逐步入彀，叫人脫身不得。

十月天，雖尚未入冬，但已顯寒意，入夜之後，冷風颼颼，台東風砂又大，街上行人可說寥寥無幾。

台東就那麼小一個地方，那個年代也不流行夜生活，天一黑，除了在家看書外，大概也沒啥好去處。晚上十點多，看書看累了，正感無聊之際，黃武吉到家裡來，看到我在家，面露驚喜，堆滿笑臉說：「福松，要不要出去走走？」我說：「好啊！」

二人是好友，平常就如兄弟般相處，根本不疑有他，跨上他的警用機車，逛街去了。

兜了好大一圈後，他問我：「要不要吃消夜？」

我說：「好啊！」

二人便到正氣路夜市吃米苔目，邊吃邊聊，只見他頻頻看手錶。

我問：「有事嗎？」

他心虛地說：「沒事，沒事。」

吃罷消夜，他又騎車載我漫無目的地又兜了一圈，知道我喜歡喝木瓜牛奶，特地繞到一家冰果店前，叫了兩杯木瓜牛奶。

木瓜牛奶是好喝，可是天氣已漸涼，又是深夜，這一大杯冰冷的木瓜牛奶喝下肚，不但透心涼，全身也不自禁地打起哆嗦來，感覺有幾分寒意。

我看黃武吉一副欲言又止的樣子，猜想一定有什麼事要我幫忙，只是不好意思開口，便對他說：「好啦！熱的吃了，涼的也喝了，有什麼事你儘管說吧！」

他彷彿陰謀被拆穿，心虛地笑說：「拍謝啦！想請你陪我去一個地方。」

我以為是要我陪他去見未來的丈母娘，一個人不好意思去，要我陪著壯膽，當場豪氣地回：「沒問題，走吧！」

再度跨上機車，黃武吉好像拿到特赦令一樣，竟猛催油門趕路。我心想：「不對啊！哪有三更半夜相親的？」

意念才閃過，只見黃武吉已將車停在一處烏漆抹黑的地方，我定睛一看，我的天啊！怎跑到殯儀館來了？

此時，他回頭對我說：「福松，不好意思，晚上請你陪我在這裡守夜。」

嚇！還真是黃鼠狼拜年，沒安的好心。

便問他到底怎麼回事？他說，有一個要犯在綠島管訓期間病亡了，暫停屍殯儀館，上級怕有人「劫屍」，要他們輪流來看守，他是第一班，晚上十一點到次日凌晨一點。

這可真是好差事，也真虧他用心良苦，請我吃熱喝涼的，原來就是為了這檔子事。但有道是吃人嘴軟、拿人手短，這下我若推辭落跑，恐怕他要喊救命了。

深秋的夜晚，本來就有幾分淒迷涼意，深夜置身殯儀館，心裡更是毛毛的，偏偏剛又喝下一大杯冰冷的木瓜牛奶，全身上下就是一陣寒顫，又見殯儀館內黑漆漆一片，伸手不見五指，此時冷風颼颼，氣氛更顯恐怖，毛髮全豎了起來，雞皮疙瘩早已掉滿地。

二人緊挨著摸黑往停屍間走，邊走邊罵殯儀館老闆小氣，連裝盞路燈都捨不得。說著說著，驀地從暗處跳下一隻大黑貓「喵！」的一聲，嚇得二人差點屁滾尿流。

停屍間位在殯儀館最裡頭，兩旁都是靈堂，朦朧間，依稀看得到往生者的黑白大照片，還有祭拜用的幡旗、輓聯、紙人，還真怕這些紙糊的假人，走下靈堂來跟我們打招呼。

好不容易摸黑走到停屍間，老闆果然小氣，只在停屍間廊下裝了盞五燭光的小燈泡，昏昏暗暗的，更增添恐怖氣氛。

停屍間門鎖著，二人就蹲坐在走廊，藉著當時的恐怖氣氛彼此調侃取笑，慢慢地也就不會很在意了。只是我還是嘀咕黃武吉耍陰、算計我，又沒安好心請我吃米苔目、喝木瓜牛奶，原來都是別有用心。

他笑說：「不這樣，怎麼請得動你？」說得也是。

有人作伴，又天南地北胡扯，感覺時間過得很快，看看手錶已凌晨零時五十五分了，可以走到外頭準備交班了。

或許已習慣殯儀館寂靜悚然的氣氛，也或許快交班了，心裡沒有負擔，這回二人可是昂首闊步走出來的。

在大門口碰到下一班，值凌晨一到三點的林茂良，一看到我就像見到救星一樣，拉著我直央求我陪他值班，我說我很睏，想回家睡覺。他一直說：「拜託啦！拜託啦！只我一個人不嚇死才怪。」

我安慰他說：「放心啦！你和他無冤無仇，他不會找你的。」

只見老林苦著一張臉，一副束手無策模樣，但我實在睏得很，只好說抱歉了。

當跨上機車，回頭看老林，只見他仍杵在那裡，大概在猶豫著要進去呢？還是待在大門口就好。

老實說，深秋的三更半夜，要一個人單獨在殯儀館守夜，又非親非故，還真要有幾分膽識和勇氣，或許老林也會去找幫手來陪他值夜吧！

24 驚心的偽裝採訪

以往看死屍都是男性，不覺怎樣，現在看的是女屍，又是為愛情自殺，心裡不覺替那個女的感到惋惜。或許就這麼一個念頭，當晚睡覺，竟夢到那女的來到我夢裡，雖然沒講話，但面無表情、飄然而立的景象，足以叫人嚇破膽。

「採訪學」教的都是正常情況下中規中矩的採訪，但假使遇到特殊狀況，不使出「非常手段」無以達成採訪任務時，就得要點心機、弄點手段了。

偷瞄公文、偷聽對話、跟蹤跟拍……，都算小case，三不五時變裝易容，或者來個「狸貓換太子」的小把戲，也是常有的。這種招式伎倆，我就使用過兩次，只是結果大不同，第一次「偽裝採訪」，獲得報社立即採訪獎，第二次則是「倩女幽魂」找上門，嚇得我第二天趕緊去收驚。

一艘十九噸級漁船，因遭「賽洛馬」颱風吹襲，機器故障，漂流至台東東方海面七海浬海域，船上六名菲律賓船員，分別被我海防部隊及空軍直升機救起。

原先大家以為這只是一般海難事件，照國際慣例給予人道救助，哪知等海防部隊將這艘故障的十九噸級漁船，拖進富岡漁港後，赫然發現此艘漁船船身竟漆有中華民國國旗，顯見內情不單純。除查扣這艘漁船外，並與台東縣警局刑警隊合作，對獲救的六名菲律賓籍船員進行偵訊。

我國與菲律賓沒有邦交，事涉敏感，不僅軍方與警方奉命在案情未釐清前，不得對外說明外，即連查扣的漁船也嚴密看管，不准閒雜人靠近，當然也不允許記者拍照。

據了解，漁船船頭「CT2-2230新慶旺號」船籍編號，係屬東港漁會船隻，經連絡東港區漁會，通知船主之弟前來台東指認，發現問題並不單純，可能涉及劫船殺害船主事件。

很顯然這是一則重大新聞，並且後續發展甚大，若只有新聞而沒有照片，新聞性便不夠強，無法凸顯它的重要性。

幾個新聞同業便研議如何取得漁船停靠富岡漁港的實景照片，當時海防部隊派員嚴密看守，根本不讓人靠近，若拿長鏡頭拍攝，萬一被發現，底片一定被抽走，但沒漁船照片，對報社又難交代。

正當大夥兒苦思對策時，我無意間把玩記者採訪證，低頭一看，突地，靈光一閃，有了。

原來大漢日報的記者採訪證是紅底鑲金邊，中間一朵燙金的梅花，若未細看，會誤以為是情治單位的識別證。

記得退伍前，報社怕我變卦不報到，便先將聘書、記者採訪證、稿紙寄到艦上給我。有一晚，我著便服外出，當返回軍區碼頭時，我逗弄地拿出記者採訪證虛晃了一下，軍區衛兵一看識別證是紅底金邊，又是燙金梅花，再看我一派軍官模樣，立即舉手敬禮，我就大搖大擺地晃回艦上。

有此經驗，心想，何不如法炮製一番，試試看。主意拿定，便對眾記者說，我先去試試，不行的話，再想辦法。

於是機車一騎，來到富岡漁港，海防班哨衛兵，一看我騎靠近，端著槍迎上來，喝問：「幹什麼？」

我晃了一下手上的記者證，鎮靜地應道：「刑警隊，來拍照的。」

衛兵瞥了一眼我手上的記者證，但並沒有細看，又見我胸前掛著單眼相機，似乎也拿不準，猶疑了下，問：「刑警隊？剛剛不是來拍過了嗎？」

我回：「剛剛沒拍好，現在補拍。」

衛兵大概沒料到有人會拿這一招蒙混，又見金邊大紅識別證上一朵燙金梅花，應是錯不了吧！再看我一副鎮定、冷靜模樣，料想也沒人敢如此大膽闖關吧！便放行。

上邊班哨既放行，下邊看守漁船的也沒理由不讓拍，就這樣，我大大方方地登上漁船，從船頭到船尾，從艙面到艙底，連駕駛台、臥艙都不放過，盡情地拍個夠。

但「做賊的」究竟會心虛，擔心萬一海訪部隊長官出現，穿梆了，可就吃不完兜著走，便快速地搶拍，前後不到五分鐘。

當我跨上機車要離開時，衛兵問：「那麼快就拍好了？」

我笑回：「補拍嘛！很快。」

跟他揮揮手，趕緊三十六計走為上策，溜之大吉。

照片沖洗出來，眾友報皆大歡喜，報社也頒發採訪立即獎給我——新台幣一百元。

這是第一次偽裝採訪成功，得意自不在話下，但第二次就沒那麼「好呷好睏」了，不但狀況不同，結局也大不同，驚嚇指數更是破表。

雖明知生老病死乃人生之常，但一旦真的面對死人，感覺就是不一樣。

每次有車禍發生，我總是第一個趕抵現場拍照，死者傷者全拍。由於都是大白天，又是職責所在，那時只想到爭取時間，把新聞主體都「物化」了，根本沒有

「怕不怕」的問題。

直到有一天，我到台東分局刑事組採訪新聞時，當值的刑警好友阿拋問我：「蕭記者，有沒有興趣到殯儀館走一趟？」也沒告訴我是什麼案件，拉著我坐上他的機車，就直奔殯儀館了。

殯儀館停屍間外頭擠滿了人，都是死者的親屬好友，等著檢察官來相驗。我趁機問阿拋到底是什麼案子，阿拋說：「一個女孩子被始亂終棄，一氣之下，服毒自殺。」我一聽，又是愛情惹的禍。

等了好一會兒，老檢察官帶著法醫來了，停屍間門一開，所有人都簇擁過來。老檢察官蹙著眉說：「不相干的人統統出去。」

我一聽「不相干的人」，那豈不包括我？可是我人都來了，豈會放棄了解案情的機會？

靈機一動，轉身便對眾人說：「聽到沒？不相干的人統統出去。」順勢把門關上，當然也把自己關在停屍間裡頭了。

停屍間裡就剩老檢察官、法醫、阿拋、我和兩名殯儀館工作人員，老檢察官朝我看了一眼，搞不清楚我是誰，大概以為我也是刑事組人員，也沒多問，便指示將屍體拖出來相驗。

但見兩名殯儀館工作人員動作熟練地拉開冰櫃的大抽屜，將屍體擺放在平台上，死者因為是服農藥自殺，屍體呈現黑紫色斑塊，實在不好看。由於是為愛情自殺，年紀又很輕，老檢察官邊相驗邊搖頭。

我看了，也感嘆生命的無常，就差一口氣而已，人有一口氣，便能活蹦亂跳，少了那口氣，便直挺挺地躺在那裡。

這位情竇初開的小姑娘，認識一位自稱未婚的男子，經不起其追求，又以為對方未婚，便和他交往並發生關係，且在男的教唆下墮胎二次。等生米煮成飯了，才知道這男的已有妻室，東窗事發後，男的不但避不見面，其妻又對這位女孩惡言相向，極盡嘲諷能事，令女孩又難堪又痛苦。

在愛情幻夢破滅，復被人冷嘲熱諷情況下，頓覺人生乏味，一時想不開，跑回家將自己鎖在房間內，飲用農藥自殺。

類似因愛情不如意，導致當事人承受不了壓力，或因無法跳脫感情困擾，而自殺之事時有所聞，並且一再上演。

剛開始，我認為自殺是懦弱愚蠢的行為，也愧對家人，但看多了類似案件後，慢慢體會到，當一個人處在感情紛擾的情境時，事實上，是很難跳脫的。有的選擇逃避，有的選擇同歸於盡，更有以自殺作為報復手段，要讓對方難過、歉疚一輩子。

以往我看死屍都是男性，且大多是車禍喪生，不覺怎樣，但現在看的是女屍，又是為愛情自殺，心裡不覺替那個女的感到惋惜。

或許就這麼一個念頭，當晚睡覺，竟夢到那女的來到我夢裡，雖然沒講話，但面無表情、飄然而立的景象，足以叫人嚇破膽。

天一亮，我趕緊找人收驚，也提醒自己，以後再不要隨便看人驗屍了。

25 記者轉戰公務員

羅先生除精通武術外，最為人稱道的是，他還精通面相，尤其善觀氣色，年輕警員有事沒事便找他看面相，問幾時會紅鸞星動，幾時會升官，據說相法奇準，且屢試不爽，但我沒經驗過，不得而知。

記者才幹了幾個月，就犯了「職業倦怠症」，工作忙壓力大是必然的，但自忖還應付得了，麻煩的是，對自己未來前途，竟興起一股莫名的徬徨和迷惘。

當這種情緒愈來愈強烈時，我不得不冷靜思考自己的去處，已二十六歲了，似乎沒有太多時間，容許自己去嘗試錯誤或做無謂的冒險。

從事記者採訪工作，誠然是我的興趣，也能發揮我的所學，但記者工作也有它的局限性，一旦到達某種年齡層，很可能就不適合再上山下海的南北奔波了，更現實的問題是，報社即將改組，我將何去何從？

有一天，在採訪途中，遇到當時在台灣時報擔任記者的世新學長鄭永霖，我請教他：「當記者那麼久，有什麼感想？」

他簡單扼要回答我：「為人作嫁。」

我反覆思考這句話——「為人作嫁」。

記者採訪報導新聞，褒貶人物、臧否時政。受貶之人，人格聲譽受損，自不待言，受褒之人，也往往能一夕成名，成為家喻戶曉的新聞人物，而當別人成名時，記者永遠只是新聞版面上一個小小的名字而已。

當然，記者採訪是職責所在，不能拿是否與新聞主角「齊名」來論斷，可是一旦深思到個人的個性、志趣及未來前途發展時，就不得不認真思考了。

唸世新時，教我們「編輯學」的，是時任中國時報總編輯的常勝君老師，他曾告訴我們，他年輕時當記者的經歷和體會。

他說，他年輕時，也在報社當記者跑外勤，當時一位朋友在中央政府單位任職，由於都年輕，交情非常好，日後也成了至交。可是經過三十年後，他這位朋友已貴為中央部會首長，而他還是記者。

常老師提到，一個人的成就是不能以表面的風光來評定，其實，也存乎個人的價值觀及際遇，不能以成敗論英雄。

他特別提醒我們，一旦發覺自己的志趣個性不適合當記者，就要考慮轉換跑道或另謀他途，畢竟記者的採訪工作是很辛苦的，勞力更勞心，不是人人能勝任的。

如不適合跑外勤，也許可考慮從事內勤的編輯工作，或其他相關工作。

常老師的一番話，令我心有戚戚焉，特別是擔任記者以來，深感自己就像無根的浮萍，沒有目標，也不知未來在哪裡？

經常一天下來，累得像條蟲，或許一天的辛苦採訪，在第二天新聞見報後，可稍為獲得一點心理安慰，也有那麼點小小的成就感。但緊接著，馬上又要面臨新的挑戰，今天的新聞在哪裡？我要採訪什麼？寫些什麼？

台東就那麼小一個地方，一年到頭難得有幾件能上得了頭版的新聞，而地方報對本地發生的新聞需求量又大，可想壓力有多大。

想到自己未來的前途，不禁徬徨迷惘，繼續幹記者呢？還是趁報社改組之際，另謀他途？

鄭永霖學長「為人作嫁」一句話，讓我聯想起常勝君老師從年輕記者幹到年老記者的深深感慨，不禁開始思量自己的未來前途。

正當為未來感到茫然的時候，剛好報社改組要移到彰化去，我都一心回台東了，怎可能再跟著去？顯然我不得不另謀出路，但要在台東找工作談何容易？我又是個半調子，上不上，下不下，粗重的幹不起，坐辦公室又沒資格。

此時，現為四維里長的高中同學楊耀乾，問我要不要考特考，我當時還沒頭沒腦的問：「考特考是做什麼？」

他說：「考上了，就坐辦公室吹冷氣辦公。」

嗯！好像不錯喔！又問他：「怎麼報名？」

他說：「我知道你很忙，這樣好了，把照片、資料、報名費都準備好，我幫你報名好了。」不愧是好同學，報名之事就請他代勞了，至於考些什麼，則全然沒有概念。

在學校唸的是新聞，考試則要考行政學、行政法、兵役行政、法學緒論，八竿子打不到，教我從何準備起？但報名費已繳，不甘心花錢陪考，不想平白浪費報名費，也不希望不久的將來「賦閒在家」，落個「失業」惡名，便到書店買參考書。

我一看，乖乖！每一本參考書起碼都三、四百頁以上，厚厚一大本書，當小說看都覺吃力，何況是要應付考試。在書架前瀏覽老半天，也琢磨老半天，最後我選擇買最薄的參考書。一方面消除心理障礙，減少閱讀壓力；另方面，內容少、好消化，只要熟讀綱要搞懂觀念，應該就沒問題。

距報社關門尚有幾天，雖然自知是「末代記者」，但職責所在，每天仍照常跑新聞。

當時，台東警分局刑事組有位辦事員叫羅志湘，湖南人，體格壯碩，都理平頭，兩眼炯炯有神。他精通武術，專教員警擒拿及棍術，閒暇時，也會傳授我們幾個年輕記者一招半式，還蠻管用的。

羅先生除精通武術外，最為人稱道的是，他還精通面相，尤其善觀氣色，年輕警員有事沒事便找他看面相，問幾時會紅鸞星動，幾時會升官。據說相法奇準，且屢試不爽，但我沒經驗過，不得而知。

這一天，如同往常，我又來到台東分局刑事組，大夥兒知道我記者生涯剩沒幾天，不免說些安慰鼓勵的話，我也只能苦笑以對，感謝大家在過去那段時間，給我採訪工作上很多的協助。

此時，羅志湘先生正寫好一件公文，抬起頭來剛好和我對望，盯著我看了一眼，隨後拿下老花眼鏡，又朝我臉上仔細瞧了瞧，脫口說：「蕭記者，你會金榜題名。」

這驚人之語一出口，眾人興趣又來了，大家最喜歡看「羅半仙」展現功夫了。辦公室裡頭光線暗，大夥兒便簇擁我和羅先生到外面走廊，外邊光線較明亮。

羅先生煞有介事地端詳我的臉好一陣子，之後很肯定地說：「你這次考試，一定會金榜題名。」

我說：「怎麼可能？我都還沒準備，而且考試科目以前沒唸過。」

羅先生篤定地說：「我說你會考上，就一定會考上。」

我當然希望考上，不過，心裡也不免懷疑：「怎麼可能？」

這時，旁邊有人起鬨：「這樣好了，你們兩個打賭，誰輸誰請客，在場眾人當證人，好不好？」

羅先生爽快地說：「好！」

我當然希望我考上，請吃飯絕對沒問題。

過後，這件事我並沒有放在心上，反正書看多少算多少。考前兩個禮拜，母親去日本玩，我就在中興派出所搭伙，有時也睡那裡。

羅志湘〈右一〉精通擒拿術，公餘教記者幾招，右二為作者

年輕人湊在一起，不是聊天抬槓，便是逛街看電影，考試之事是有放在心上，但只心動卻沒行動。

考前一週的禮拜天，大夥兒還一起騎機車到花蓮鯉魚潭划船郊遊；考前幾天，幾位警察好友又拉我去看電影，甚至看歌舞團表演。我心想，這下完蛋了，報名費是白繳了。

考試當天清晨五點，我起了個大早，趕快拿起書本找重點唸，幸好平常有看，多少有些印象，但考試迫在眼前，已沒時間慢慢複習了，便賭運氣似的，勾選了十題認為重要的，就猛K那十題。

奇怪的是，試卷一發下來，我竟然五題中三題，其餘兩題自由發揮，反正胡謅瞎掰，正是記者看家本領。

第一天考試如此，第二天如法炮製，結果也是一樣，不是中三題就是中四題，還真是福至心靈，考前猜題，猜得奇準。

放榜之日，我一看，嚇！台東縣一百多人報考里幹事，只錄取三名，我正好是第三名，運氣還真是好呢！

我馬上聯想到羅志湘先生的「神預言」，還真不是蓋的。

考前一個月預言我會金榜題名，而我竟然能在毫無充分準備的情況下，有點

「取巧」的意外考上，莫非冥冥之中自有定數。「羅半仙」的稱號，果然非浪得虛名，再次印證羅先生的「神算」，結果，當然是我「很高興」的請客。

就是這樣的因緣際會，我僥倖考取基層特考，分發到成功鎮公所當里幹事，開始我公務員生涯的第一步，也開啟人生的另一新頁。

26 流浪的電影放映師

電影通常都在晚上九點結束放映，等收拾完器材回程，時間都很晚了，我和小賴輪流開車返回台東市區，一路說說笑笑，自嘲是流浪電影放映師，更像行走江湖賣膏藥的王祿仔仙。

現代人很難想像古早時代，大人小孩拿著板凳，坐在空地廣場看露天電影的情景。

五、六十年代，電視很少，電影院只有大都市和比較熱鬧的鄉鎮才有，鄉下地方別說沒電影院，連電影海報也沒看過。在那個什麼都缺，唯獨小孩不缺的年代，小朋友除了彈弓、玻璃珠、青蛙、泥鰍、貓狗牛羊外，幾無休閒娛樂可言，最大的盼望，就是偶而能在廟前廣場看一場露天放映的電影。

只要一聽說廟前廣場有人要放映放電影，便爭相走告，儼然是地方大事。不待太陽下山，有的小孩便一手提著板凳，一手端著飯碗，搶佔有利位置，邊扒飯邊看著工作人員架布幕、拉電纜，那種充滿期待的心情，足以讓小孩興奮老半天。

電影都是黑白片，有卡通、有劇情片，當看到好人有好報、壞人自食惡果，或英雄反敗為勝、正義得以伸張時，小朋友便興奮地拍手叫好。

電影結束後，小朋友還捨不得離開，看著工作人員收拾機具，有時也會上前幫忙，一方面是感謝他們的辛勞，一方面也希望他們能常常來放映電影。

在偏鄉地方，看露天電影是小朋友最夢寐以求的事，放映師更是他們心目中的英雄。

民國七十年代台灣經濟正起飛，人民生活漸有改善，但偏鄉民眾仍無緣接觸新的影視文化，遑論後山的台東。當時的台灣省政府新聞處便撥贈縣府一台十六釐米電影放映機，巡迴偏遠鄉鎮放映電影。我當時是新聞股科員，放映電影工作自然落在我身上，以前都是看人放映電影，現在換我要放映電影給人看，感覺蠻有趣的。

小賴司機是我的得力幫手，開車之外也負責搬運、架設器材，二人合作愉快。白天，我照常上班，發佈新聞稿處理公事，下午四點準時出發，台東地形狹長，到偏遠鄉鎮動輒五、六十公里以上，得提早出發好佈置場地。那個時間點也挺麻煩，吃晚餐嫌早，不吃又怕挨餓，只好買包子、饅頭或泡麵充當，這就出發了。

小賴很天才，在廂型車頂上裝了支大喇叭，車子一進入山區便大聲放送音樂，倒為寧靜的鄉村部落帶來歡樂氣氛，看到有人好奇觀看，小賴便趁機廣播：「我們是台東縣政府電影巡迴放映車，歡迎大家今天晚上×時到××地方觀賞電影。」

小賴以前演過布袋戲，還領有導演證，會演怪老子、哈麥二齒，怪腔怪調常引得村民們哈哈大笑。

我們到山區部落通常都快接近黃昏了，第一個要務就是找電源，只要找到電源，就安了一半的心，放電影就沒問題。

每次進入山區，仰望一座座高聳的輸電塔，就打從心底佩服台電的工程人員，他們不辭艱辛翻山越嶺、跋山涉水，深入偏遠山區架設高壓電塔、電線桿，讓偏遠山區民眾因有電，使生活變得更方便、更有品質，南橫公路沿線的初來、霧鹿、利稻、啞口都是如此。

車子才進入部落，小朋友就先圍攏過來，好奇問：「你們是電影公司嗎？」、「不是。」、「是電力公司嗎？」、「也不是。」、「那你們是哪裡？」總要費番唇舌解釋。

接下來又問：「晚上要放什麼電影？」、「好看嗎？」我們的回答千遍一律，「當然好看，歡迎觀賞！」

事實上，省新聞處給我們的只有兩部電影，一部是講鄉野故事的古裝片「鄉野奇譚」，一部是成龍老婆林鳳嬌主演的「一個女工的故事」，外加一些政令宣導短片，這就是我們全部的家當。

操作放映機簡單，架設布幕就不容易，還好村民們都很熱心，會幫我們釘樁、固定繩索，平常無風情況下，很快就能架設好，萬一碰到山上風大，就得找更多人手來幫忙。

有時電影放映到一半，一陣怪風把布幕吹歪了，電影中人物當然也變得嘴歪眼斜。通常都是一陣驚呼，接下來是一陣訕笑，然後就聽到大人吆喝：「快點幫忙把布幕固定好，正好看哩！」這時候，我就先停機，等布幕固定好之後，倒帶再放一次，換來的是一陣喝采。

電影放映久了，連台詞都會背，插曲也會唱了，有時不小心隨著劇情脫口而出，常引來詫異的眼光，趕緊住嘴。

電影通常都在晚上九點結束，等收拾完器材回程，時間都晚了。我和小賴輪流開車返回市區，一路說說笑笑，自嘲是流浪電影放映師，更像行走江湖賣膏藥的王祿仔仙。

巡迴放映電影期間，我們跑遍台東所有山地部落，蘭嶼也不例外，但不是開車去，而是搭飛機去。好笑的是，飛機才降落，機場就因天候不佳關閉了，這下可好，注定要留下來多待幾天。

被困在蘭嶼那幾天，天天下雨，我們在鄉公所協助下，蘭嶼、椰油、紅頭、東清四個村輪流跑。

這是蘭嶼鄉民第一次看電影，大人小孩都興緻勃勃滿懷期待，放映地點在活動中心，外頭下著大雨，裡面卻擠滿人，熱鬧滾滾，一部看完還不過癮，央求再放一部。

我心想，蘭嶼鄉親難得看電影，而外頭又下著大雨，索性好人做到底，讓他們看個過癮，宣導片看完看武俠片，武俠片看完看愛情片。

電影放映結束後，大人小孩都依依不捨離開，還不忘跟我們道謝，我們也揮手致意。看看時間，乖乖，都晚上十一點十分了，還好明天不用上班。

27 小飛機驚魂記

就在飛機搖搖晃晃準備降落之際，突然又陡降了約八公尺，眼看就要撞上斷崖，前排有人驚叫出聲，我則是眼前一片黑，腦際只閃過一個念頭：「我怎麼搭上這班飛機？」其他都來不及想。

台東到蘭嶼距離四十九海浬，在還沒有小飛機開航之前，搭船需八個鐘頭，既要橫渡太平洋，也要跨越黑潮，海象險惡可見一斑。

特別當碰到大風浪時，波濤洶湧，船隻上下起伏擺盪，乘客常暈得七葷八素，也吐得淅瀝嘩啦。八小時的航程形同折磨，很多公務員都視到蘭嶼出差為苦差事。

民國六十八年以後，台東到蘭嶼之間，開始有了五人座的小飛機，大大縮短旅程，以往搭船需八個鐘頭，現在搭小飛機只需四十分鐘。

台東和蘭嶼間的交通，自小飛機通航後，方便多了，可是因離島天候瞬息萬變，經常前一分鐘還豔陽高照，後一分鐘就烏雲密佈、傾盆大雨，搭小飛機到蘭嶼出差的人，就得碰運氣了。

運氣好的話，當天可往返，運氣不好的話就要多停留好幾天，有人戲稱是「關島×日遊」。後來有些公務員學聰明了，到蘭嶼出差都會準備釣具，萬一被困在島上，還可釣魚打發時間。

我第一次搭小飛機，是陪同台視一位知名的小生記者到蘭嶼採訪，那時台東豐年機場尚未啟用，民航機起降都借用空軍志航基地。

小飛機駕駛員都是空軍飛官退伍轉任，技術當然不在話下，不過，開衝勁十足的戰鬥機慣了，轉開速度奇慢的小飛機，就難免有「英雄手腳無處伸」之感了。於是偶爾技癢，小秀一下飛行技巧過過乾癮，順便讓乘客體驗戰鬥機翻滾俯衝的滋味，就成了離島小飛機常見的有趣插曲。

出差蘭嶼當天，天氣很好，萬里無雲，小飛機在蔚藍的太平洋上空慢慢飛行，俯瞰浩瀚無垠的大海，的確令人心曠神怡，有盡拋塵囂、自在遨翔的愜意快感。

在蘭嶼的採訪很順利，吃過中飯後，一行三人（我、小生記者及另名攝影記者），搭下午一點的小飛機飛回台東。

那時正值七月酷暑，天氣很熱，又逢中午，小生記者和那位攝影記者上飛機沒多久，就閉目養神見周公去了。我一人坐後排無聊，便東張西望，一會兒看飛機駕駛悠哉地開著飛機，還吹著口哨呢！一會兒看兩位記者睡得連打呼聲都出來了。

我是「劉姥姥逛大觀園」，第一次搭乘像玩具般的小飛機，當然不想錯過細細品味的機會。偶而看到有大油輪及小漁船從眼下掠過，還幻想著會不會看見鯨魚或大白鯊呢！

小飛機「嗡、嗡、嗡」地飛，不知不覺看到台灣本島了，台東市的地標——鯉魚山已清晰可見，卑南大溪右側的小山丘便是機場所在。

小飛機沿著卑南大溪準備進場，按規定應該是兜個大圈，對準跑道後再慢慢滑降，但顯然這樣的標準動作太耗時也不夠帥氣，何況對老志航的小飛機駕駛來說，起降志航基地跑道就像進出廚房，再熟悉不過。

只見駕駛員把操縱桿往右一擺，突來記空軍飛官慣用的翻滾特技，瞬間天旋地轉，機腹朝上，人頭朝下。我因始終盯著窗外景象，也知道飛機準備降落，心裡有底，所以當小飛機翻轉進場的時候，只感覺刺激好玩，一點都沒被驚嚇到。倒是那位小生記者和攝影記者因在睡夢中，突然頭下腳上，以為小飛機出事了，驚嚇得大呼小叫。但才一回神，小飛機已「咚、咚、咚」平安降落了。

小飛機落地後，駕駛員吹著口哨瀟灑地離去，那位小生記者和攝影記者仍餘悸猶存，杵在小飛機旁發愣，嘴巴直叨唸咒罵個不停，想來是嚇壞也氣炸了。

這是我第一次搭離島小飛機，感覺還蠻不錯，既刺激又過癮，可說是平民價格，戰鬥機的享受。但第二趟可就沒那麼好玩了，不僅嚇得背脊僵直、冷汗直冒，以為要去見閻王了，往後竟長達七、八年時間，再不敢搭小飛機去蘭嶼，除非機上有達悟族鄉親。

傳言飛往蘭嶼的小飛機上，只要有達悟族長者搭乘就一定OK，保證不會出事，應是他們的祖靈保佑吧！不過，搭小飛機還要找達悟族鄉親做伴，不但費時也可遇不可求，還是信任機師的飛行技術吧！

我第二次出差到蘭嶼是民國七十二年，當時是會同民政局同事到蘭嶼巡迴放映電影。在那個資訊猶不發達的年代，蘭嶼人莫說電影沒看過，連電視也沒有，因此，到離島偏鄉巡迴放映電影，就成了我這負責政令宣導的新聞股小科員和民政局負責山地業務的老黃二人的工作了，二人也一直合作愉快。

台東的二月天雖然仍有點涼意，但天候不錯，還出太陽呢！仍然是五人座的小飛機，除駕駛員外，第二排坐了一位在蘭嶼做生意的老先生，另一位是前往蘭嶼公幹的調查站小夥子，後排則是民政局老黃和我。

小飛機三兩下就升空了，我心裡頗雀躍的，又將再度體驗壯志凌雲的滋味了。豈知飛了大約二十分鐘，接近航程一半後，天空突然烏雲密佈下起大雨來，小飛機抖動的很厲害，心裡不禁擔憂，會不會有問題？

剛剛飛機起飛時還晴空萬里，怎才一轉眼，便昏天暗地，還夾帶著豆大的雨？想著之前發生的幾起離島小飛機空難事故，心裡不禁忐忑起來，一股不祥感覺也油然而生。

小飛機在狂風驟雨中，上下劇烈搖晃，大家都神情緊繃，駕駛員則全神貫注，不斷以無線電和塔台通話。那時節沒有導航設備，全憑目視，又因為蘭嶼距離菲律賓巴丹島不遠，萬一風大或駕駛員一時不察，很可能就飛過頭，跑到菲律賓去了。

當時流傳一則笑話，一架飛往蘭嶼的小飛機因遇濃霧又受強風吹襲，竟誤闖菲律賓空域。只聽到無線電裡傳來英語警告聲：「你已侵入我國領空，再不離開，我們要射擊了。」嚇得飛行員趕緊掉頭。真耶？非耶？無從查證，就當笑話聽吧！

飛機越是劇烈晃動，大家心情越是緊張，眼睛都張得大大的。說時遲那時快，小飛機突然遭遇強烈亂流，一下子下降了十幾公尺，感覺就像坐「大怒神」一樣。

這一陡降，眾人嚇壞了，「失事？」、「墜機？」、「撞山？」、「落海？」等名詞，瞬間全湧上我腦海，可大氣都不敢吭一聲，只祈求飛機能平安降落。

前排那位阿伯嘴裡直碎碎唸著：「阿彌佗佛、阿彌佗佛、菩薩保佑、菩薩保佑……」我和老黃都不約而同緊抱著胸前的背包，萬一……，或許還可權充安全氣囊吧！

駕駛員畢竟身經百戰，驚險狀況見多了，並不把這小case看在眼裡，只見他穩穩地把飛機拉上來，之後有好一陣子，飛機是平穩地飛行，大夥兒一顆懸盪的心，方才踏實些。

朦朧雨霧中，隱約看得到蘭嶼的饅頭山，機場就在饅頭山附近，代表機場近了。但饅頭山附近有很多亂流，大家仍提心吊膽，緊盯著駕駛員看他怎麼降落。

蘭嶼機場的跑道不長，跑道頭又是斷崖，萬一風大或遭遇風切……，就下去了。強風驟雨中，駕駛員小心翼翼地把機頭對準跑道準備降落，四個乘客八隻眼睛都張得大大的，緊張的不得了，擔心如果有個閃失，可能就要粉身碎骨找海龍王報到去了。

就在搖搖晃晃準備降落之際，飛機受氣流擠壓，突然又陡降了約八公尺，眼看就要撞上斷崖，前排有人驚叫出聲，我則是眼前一片黑，腦際只閃過一個念頭：「我怎麼搭上這班飛機？」其他都來不及想。

就那麼一瞬間，飛機「咚、咚、咚」降落了，等回過神，飛機已平安降落，但卻是降落在跑道頭，距斷崖只差一、二十公尺。

駕駛員堪稱藝高人膽大，這種驚險降落狀況，對他們來說，或許是家常便飯，停妥飛機後，若無其事地拍拍手離開了。

前排年輕調查員躡手躡腳下了飛機，可腳才一踩地，便蹲下身開始嘔吐，那位阿伯則癱軟在座位上，早嚇昏了。我和老黃雖沒嚇昏，但也是四肢發軟地慢慢爬下飛機，在地勤人員要求下，幫忙把阿伯抬下小飛機。

等我們這班飛機降落後，蘭嶼機場因天候因素關閉了，這一關，把我和老黃關在蘭嶼整整五天。最樂的是當地居民，天天擠在活動中心看電影，有些小朋友看的連台詞都會背了。

那次差點「栽下去」的驚險經驗，嚇得我往後有好幾年再不敢去蘭嶼，更別提搭小飛機了。

一直到我擔任縣府機要祕書，有一天，鄭烈縣長找我：「老蕭，我們去一趟蘭嶼。」

「啊？這……」看我似乎面有難色，他問：「怎麼呢？沒興趣？」

「哈哈！不是沒興趣，是沒膽。」便把之前小命差點休矣的「小飛機驚魂記」提了一下。

鄭縣長聽了大笑，說：「免驚啦！生死有命，富貴在天，我們又不是去玩的。」

話雖如此，但一朝被蛇咬十年怕草繩，便對縣長說：「報告縣長，您八字重，還是您去就好，我八字輕，留下來顧辦公室吧！」鄭縣長也不勉強。

後來飛蘭嶼的飛機改採十九人座的多尼爾型，感覺大多了也安全多了，我也因公務關係去了好幾趟，幸好都平安無事。

搭小飛機觀光旅遊是件很愜意享受的事，但因離島天候詭譎多變，事實也存在些風險。

不過，就像電影「悲慘世界」男主角休傑克曼說的——「時機自有天意，真相由上帝揭示。」就別想太多，一切順其自然吧！

28 黑面仔混充記

「我這位學弟啊！面色黝黑，個子矮小，但精明幹練，喜歡運動，擅長音樂，個性豪爽，性子急強，又忠黨愛國，是一個血性漢子。」把我說得活像「忠義殉國」的史可法，更像「明境高懸」的包青天。

我常跟老媽開玩笑，生了我這個「瑕疵品」兒子，「高富帥」三個條件，竟無一吻合。老媽不甘示弱地回說：「哪裡有瑕疵？眼睛、鼻子、嘴巴，該有的都有了，沒缺損啊！雖然腿短了點，長得也不怎麼樣，唉呀！可以了啦！」老媽都這麼說了，我還有什麼話可說，也青菜啦！

倒是話匣子一打開，老媽又得意地炫耀她的「優良作品」——我。

她轉述產婆（我的直屬大嬸婆）的話說，我剛出生時，全身呈黑紫色，腦袋瓜左側有顆像小紅番茄的東西，因剛生下我，人很累，瞄一眼便睡過去了。等醒來時，小番茄不見了，倒是臉還是黑黑的，「黑面仔」就是大嬸婆叫出來的。

大嬸婆看我臉黑黑的，以為是「包青天」來轉世，跟母親說我是奇人異相，我心裡想：「是缺氧吧！」

每回照鏡子，不免自怨自艾，我人長得醜又笨，一定和出生時腦袋瓜長膿包和缺氧有關吧！只是不好拆穿，免得壞了老媽美麗的幻想。

老媽的「包青天」期待，當然沒對我起任何作用，不過，臉黑、性子急、嫉惡如仇的個性，倒和老包有幾分相似，有意無意間，自然流露出正氣凜然的氣勢來。

在海軍驅逐艦服預官役時，學長介紹一位國小女老師給我認識，幫我約了時間，也給了電話，叫我自行赴約。

找到那間蠻有氣氛的咖啡館，也見到女主角，戴副黑框近視眼鏡，果是老師架勢，連口氣也像在訓示小朋友。在那「一節課」裡，我像面對小學老師般，戰戰兢兢，正襟危坐，但那位女老師的一番話，讓我忍俊不禁笑了出來。

原來學長向她介紹道：「我這位學弟啊！面色黝黑，個子矮小，但精明幹練，喜歡運動，擅長音樂，個性豪爽，性子急強，又忠黨愛國，是一個血性漢子。」

把我說得活像「忠義殉國」的史可法，更像「明境高懸」的包青天，難怪好笑。

便問女老師：「那妳看呢？」

她笑笑說：「我看你臉不黑嘛！而且長得蠻斯文好看的。」

哇！學長頗有識人之明，恰如其分地介紹我，只是好像有點「廣告不實」。退伍後，我第一份工作是在報社當記者。當時頗以「無冕王」自許，要執春秋之筆，臧否時事，要仗義執言，為弱勢發聲。

老媽聽人叫我「蕭記者（台語）」，不以為然地說：「蕭記者？我看是肖乞丐吧！」果真是毒舌，很不給面子。

我負責社會新聞，一天到晚跑法院、地檢署、警察局、派出所，幾乎是以「所」為家。

一晚，吃過飯後照例到市區中興派出所報到，所裡只剩三位警員，一個值班，一個備勤，其他的不是輪休，就是巡邏去了。坐鎮的是老刑警出身的洪副主管，短小精幹，眼神銳利，小流氓遠遠一看到他，就跑像飛的自動消失。

台東治安一向很好，很少有重大刑案，炎炎夏夜，四人在派出所裡泡茶聊天，很是愜意。

突然，值班台電話鈴聲響，有民眾報案，社區有小偷入侵民宅。洪副主管一聽，霍然起身，說了聲「走」，轉身就要出去。

可才走沒兩步，突然像想到什麼又停下腳步，回頭一看，手下竟只一個兵，顯然有點勢單力孤，邪惡腦筋竟動到我頭上來。

看了我一眼，說：「蕭記者，你也來吧！」也不管我要不要，塞了支警棍給我，拉著我坐上他的機車就出發囉！

很快抵達案發現場，只見鄰居街坊圍觀著議論紛紛，小偷早已逃之夭夭，看到警察大人到，大家眼光全投向我們三人。

洪副主管辦案經驗老到，像隻嗅覺敏銳的獵犬，四處察看，想尋找蛛絲馬跡，我也煞有介事地東張西望。

這時聽到屋外有小朋友大聲問：「爸爸，那個警察怎麼沒有穿制服？」爸爸說：「是便衣刑警啦！你沒看他的氣勢跟制服警察不一樣。」

這位爸爸果然好眼光，一眼就看出我的氣勢跟別人不同。

正暗自竊喜之際，那位小朋友又問：「可是，哪有警察那麼矮的？」

這一說，我煞時像漏氣的皮球，變得有點心虛。心裡暗罵：「死猴囝仔，問題那麼多。」

幸好他老爸很給面子，回說：「應該是有特別任務吧！」

這是我首次「英氣」外現，只是差點露餡。

之後記者沒幹，跑去當公務員，當中轉換了十幾個工作，七轉八轉，竟當起督學來了。

想到唸小學時，只要老師一說督學要來，就緊張的不得了，可是等我當督學，就沒這般風光行情了。小朋友不但不怕我，還蠻喜歡我的，特別是原住民一、二年級小朋友，遠遠一看到我，就跑過來搶著要我抱。

也不知是咬字不清，還是故意的，我這堂堂「蕭督學」，竟變成「消毒水」。常常一大群小朋友圍著我叫：「消毒水，消毒水。」搞得校長很尷尬，老師忙糾正校音。我笑說：「沒關係啦！小朋友都是活潑、可愛的。」

面對小朋友，我的赤子之心會油然而生，跟他們玩在一起，可一旦面對大人，職業的本能，少不得就要裝腔作勢一番囉！

一回，到中興新村地方研習中心，參加為期一週的教育主管研習，對象是督學、課長和國小校長，共三十個人。吃飯時，男生兩桌，女生一桌，女生一桌全是西部縣市的國小女校長，彼此都不認識。

研習過半後，大家慢慢混熟了。

一天午餐畢，一位身形高大的女校長來到我面前說：「報告蕭督，我代表我們那一組，有問題要請教你。」邊說邊指著她背後那一桌。

我覺得有趣，便問：「什麼問題？」

她正色問：「請問你是不是軍人？」

我不加思索地回說：「是啊！」

才說完「是啊！」只見女校長轉身朝她那一桌夥伴，握拳振臂，比了個「耶！」的手勢，意思是猜對了，那一桌立即響起一陣歡呼聲。

看那一夥人那麼興奮，我的興致也來了，便問女校長：「你們怎麼知道我是軍人？」

她說：「我們觀察了你幾天，發現你散發著一股英氣，猜想應是軍人沒錯。」

我故意問：「陰氣？陰陽怪氣嗎？」

她說：「不是啦！是軍人那股英挺威武氣概啦！」

她這一說，挑動了我敏感的「自戀神經」。

想到以前在成功嶺大專暑訓及預官基礎教育時，連長和輔導長都說我是當兵的好料子，還鼓勵我「棄筆從戎」。想來，應是「黑面仔」的英氣殘留，時不時散發出來的緣故吧！

女校長回到她們那一桌，和那群夥伴交頭接耳一番後，又來到我面前。笑問：「蕭督，我們有一個疑問，你當軍人，怎會跑來當督學？」

我說：「我上尉退伍後，參加國防特考，考上了就分發當督學。」

她聽了，笑笑說：「我們也是這麼認為。」嚇！還猜的真準。

第二天，我們要到一所學校參觀，路程有點遠。在遊覽車上，這位女校長又跑來：「蕭督，我代表我們那一組，再問你一個問題。」

我問：「什麼問題？」

「你是不是外省人？」

我說：「是啊！」

只見她回頭朝車尾後兩排比了個「耶！」手勢，顯然又猜對了。

我笑問：「你們怎麼看？」

她說：「我們覺得你的氣質很不一樣，很有書卷氣。」

書卷氣？哈哈！不敢當，只是愛讀「聊齋誌異」、「閱微草堂筆記」一類的鬼故事罷了。

不一會兒，她又跑來，說：「不好意思，有組員說，你看起來也像原住民。」

我說：「是啊！我是原住民。」

這下她懵了，疑惑地看著我：「你別開玩笑了，你到底是哪裡人啦？怎一下子是外省人，一下子又說是原住民。」

我說：「我爸是外省人，我媽是原住民，沒錯啊！」

這麼一解釋，有道理。

她低頭沉吟了下，又問：「請問你媽是哪一族？」

台東原住民有阿美、卑南、魯凱、排灣、達悟、布農等六族，我隨口回：「達悟族。」

「喔！怪不得你看起來有點混血兒模樣。」哇！愈扯愈離譜。

換我問：「你們怎看得出來我是原住民？」

她說：「有組員猜，你臉黑黑眼睛大大，應該有原住民血統吧！」

哈哈！賓果！又猜錯了。

結訓半年後，我升任教育局副局長。

一回，這位女校長到台東參訪，她校長班同學設宴請她吃飯，知道我曾經和她一起研習，特邀我一道餐敘。

老朋友見面很是高興，飯局中，這位女校長提到研習時的趣事，特別誇口說，當時她們幾位女校長觀察我很精準，說我是軍人、外省人、原住民，竟無一不中。

話才說完，一桌人哄堂大笑，女校長則愣住，不知大家為何大笑？

她校長班同學王金地告訴她：「你們都上當了啦！蕭副座哪裡是軍人？他也不是外省人，更不是原住民，全是騙你們的啦！」

女校長嘴巴張得大大的，不可思議地看著我：「大家看你一臉正經模樣，以為你講的都是真的，原來攏是假。」

哈哈！她似乎不相信她們幾位女校長觀察研判皆失準。

本地校長說：「蕭副座很會裝蒜，又愛搞笑，誰逗弄他，他就逗弄誰。誰叫妳們看走眼，著了他的道，還說他一身英氣，是邪氣啦！」

29 打呼伴我一生

好多回睡到半夜，正好夢方酣之際，突感覺一陣天搖地動，以為地震，嚇得趕緊爬起來。卻看到老婆一雙氣得快噴火的眼睛正瞪著我，只聽她忿忿地說：「你打呼很大聲喔！」原來是她把我推醒。

打呼不是病，但當鼾聲大作時，卻會要人命。好笑的是，受害的往往不是打呼者，而是身旁躲都躲不掉的配偶，有配偶因不堪枕邊人常年無休的鼾聲困擾，吵著要分房睡，甚至訴請離婚。媒體報導，有近一成女性因無法忍受枕邊人長期打呼而想離婚，可見打呼危害之大。

很多人都有睡覺打呼的毛病，男女老少皆然，只不過是「呼聲」大小有別而已。會打呼也不代表身體一定有毛病，但絕對是一種警訊，尤其是睡眠呼吸中止症候群，所以不能小覷打呼對睡眠乃至健康的影響。萬一「呼聲」真的很大，自己也無法控制，就得找醫生治療改善了。

打呼，有人跟它取了個很好聽的名字，叫「天籟之音」，意謂是與生俱來的自然美聲。只不過，假使不是心境很美或定力很夠的話，它可是會讓人抓狂的「噪音源」。

嚴格來說，打呼和放屁都是人體的自然排氣，沒什麼不好，但就是不衛生兼擾人清夢。此外，若拿人們對這兩者的厭惡程度做比較的話，打呼似乎更令人深惡痛絕。

放屁只是須臾間的小事，風一吹便煙消雲散，且只要放屁者夠沉著鎮定，裝做一副若無其事的樣子，旁人無從舉證，自也無可奈何，只能屏息閉氣強忍，或乾脆抱著體驗的心情，品嚐不同風味的「無毒氣體」。

打呼則不然，不只因為其發出的聲響，極容易讓人聽音辨位，很快就「人贓俱獲」。最令人惱火的是，打呼者渾然不覺，兀自沉浸在好夢方酣的美夢中，旁人卻得忍受魔音穿腦之苦。

有配偶無法長期忍受另一半的打呼折磨，因而掛門診求治者不在少數，普遍都有聽力障礙、睡眠不足，甚至出現情緒失調、精神耗弱的情況。因此，若枕邊人有打呼情形者，另一半就要有心理準備，因為那不只是愛情的考驗，也是聽力、定力「耐受度」的考驗。

但也並非就無克制之道，綜合專家研究結果，我提出五對策：一是戴耳塞，二是踢下床，三是分房睡，四是把它當作另類「床頭音響」，盡情享受。萬一招數用盡，還是不行，就只好找醫生開刀治療了。

我生平第一次領教到打呼的威力，當然是來自我老爸，不管是午覺還是晚覺，只要他老爺一躺下，呼聲便起，連床板也震動。當時很佩服老爸的打呼本事，也蠻同情老媽的悲慘處境，竟得忍受一個老男人經年累月的噪音干擾。

在我幼小心靈，一直以為老爸打呼功夫一流，因為發出來的聲音，低沉綿延，柔中帶勁，顯然內力很深。直到有一天，堂叔到我們家來，我方才眼界大開，真正體認到什麼叫做「人上有人，天外有天」。

堂叔和老爸自小一塊兒長大，感情比親兄弟還好，我小時候，就常見堂叔到家裡來和老爸泡茶聊天。後來，我們搬離開老家，見面次數變少了，等數年後，再見到堂叔時，發現堂叔的身材和他的年齡一樣，都成「正成長」。

我唸初中的時候，堂叔體重已破百，堂嬸也不遑多讓，兩夫妻站在一塊兒，胖哥胖嫂天生一對，挺速配的，一個有如L號，一個則是雙XL號。

有一天，堂叔嬸遠道來台東看我們，爸媽很高興，自然是豐盛酒菜熱情招待，兄弟妯娌話不盡的陳年往事，小孩插不上嘴，吃過飯後各自嬉戲、寫功課。半夜，我被一陣陣綿延不斷的打呼聲吵醒，以為是老爸喝酒，內力增強，打呼更有勁。

仔細一聽，不對，不僅「分貝」多了老爸好幾十倍，內力也更顯深厚，其音波之渾厚雄勁，竟震得我房門板「嗡嗡」作響。

最令我佩服的是，節奏分明，高低音有致，高時如鷲鷹引吭長嘯、聲震九天，偶爾夾帶點蒸汽火車排氣的「嘶嘶聲」，低時則如戰鼓雷鳴、地動山搖。

那一晚，我被堂叔渾厚雄勁的打呼聲震撼了，原來世上竟有此等「能人」。相較之下，老爸的打呼聲在「打呼達人」圈裡，只能算是小咖。

若干年後我當老師，有一回參加一項主要以國小校長為主的研討會，我再度領教到打呼的威力，也才知道「打呼運動」，在男人世界裡是如此普及。

研討會在救國團墾丁青年活動中心舉行，兩天一夜，十二個人一組，晚上就擠睡在一間大通舖上，反正是冬天，「靠燒」取暖無妨。

豈知睡到半夜，我就被一陣陣的鼾聲吵醒，由於很睏，懶得起身察看，便用枕頭摀住耳朵，以為能隔音，但效果有限。此起彼落的打呼聲，就如排山倒海般，一波波接踵而至，實在受不了，只好勉強起身探個究竟。

房裡只留一盞昏黃的小燈，我才起身，便看到另位年輕老師愣愣地坐在床沿發呆，我嚇了一跳。湊過去小聲問：「你怎麼不睡覺？」他嘟嘟嘴，示意我看另十位校長大哥的睡姿。

我一看，差點爆笑出來，十位國小校長都五、六十歲了，共同特徵是都有「鮪魚肚」。他們併排睡，乍看之下，就像十條肥豬公橫陳，最妙的是他們打呼時，肚皮會隨著吐納吸氣上下起伏，很有韻律感。

平常一個人打呼已夠吵了，現在十個人一起聯合打呼，聲勢更見浩大，聲浪之澎湃洶湧，有如奏鳴曲一般，教人怎睡得著？

後來，那位老師索性挨過來，兩人靠著牆，邊聊天邊欣賞十位校長大哥打呼情景，堪稱難得的經驗。

我自忖長得一派斯文、溫文儒雅模樣，是典型的「書生」，理論上，應該不屬於會打呼的那種類型。

婚後不久，偶有「呼聲」出現，以為老婆會抗議，卻聽老婆撒嬌說：「老公，最喜歡聽你打呼了，輕輕的，淺淺的，好像催眠曲一樣。聽到你的打呼聲，就知道你在我身旁，好有安全感呦！」

這是我第一次得知我會打呼，幸好情況不算嚴重，老婆還誇讚我打呼很有fu呢！聽得我龍心大悅，巴不得時時刻刻打呼給她聽。

有時我出差不在，老婆還會抱怨因為耳邊太安靜，反害她睡不著。老婆的讚美，讓我男人的自尊大大抬頭，以為打呼很浪漫、很有guts，是很美妙的「天籟之音」。

結婚十多年，在老婆精湛廚藝及交際應酬雙管供養下，體型體重快速成長，連帶打呼的聲音，也由「悠微」轉為「豪邁」。

好多回睡到半夜，正好夢方酣之際，突感覺一陣天搖地動，以為地震，嚇得趕緊爬起來。卻看到老婆一雙氣得快噴火的眼睛正瞪著我，只聽她忿忿地說：「你打呼很大聲喔！」原來是她把我推醒。

「噢！拍謝！」話才說完，翻身又睡。不一會兒，地震又來，有時一夜數次，老婆說她快發瘋了，我則疑惑：「有那麼嚴重嗎？」

一個週末，我中午應酬喝了不少酒，醉醺醺地回到家。朦朧中，依稀記得老婆坐在客廳看電視，老大在打電腦，老二在寫作業，我連鞋襪都來不及脫，往沙發上一躺，便見周公去了。

等晚餐時間到被搖醒，老大首先發難，抗議說：「老爸，很誇張耶！我戴耳機，還聽得到您的打呼聲。」

我心想：「別誆妳老子了，我打呼有那麼誇張嗎？」

她見我不信，拿出手機播放錄影給我看。

這一看，我的天呀！偉大父親的形象破壞無遺。不只睡姿難看，睡相醜斃了，打呼聲更讓我驚訝我幾時也練就此等功夫？但見嘴巴張得好大，不斷地吸氣吐氣，且頻頻發出像雷鳴又像豬叫的低吼聲。

影音證據俱全，想賴都賴不掉了，我尷尬地笑笑說：「爸爸在練龜息大法。」

老大馬上吐槽說：「少騙人了，那是睡眠呼吸中止症，很危險的。」

老二也抗議說：「我在旁邊寫作業，被您吵得無法專心。」

我看老婆在一旁冷笑，顯然我徹底洩底了，她等著看我如何自圓其說。

我忙說：「拍謝！拍謝！下次睡覺改進。」

老二提議說：「我看以後睡覺，嘴巴貼透氣膠帶好了。」

老婆說：「不行，聲音還是會從鼻孔出來。」

老大最賊了，竟然說：「我看用封箱帶好了，鼻嘴一起封，就發不出聲音。」

天啊！那是謀殺耶！我馬上阻止說：「不行，不行，那會出人命的。」

這回老婆逮到「民氣可用」機會了，「嘿！」、「嘿！」乾笑了兩聲之後，斜眼看我：「那你說，怎麼辦？全家都被你吵得不得安寧。」

我一看苗頭不對，顯然已犯眾怒，成了眾矢之的。忙陪笑臉說：「好啦！好啦！我搬到頂樓搭帳篷睡覺，自我隔離總可以吧！」

看大家沒有反應，趕緊轉移話題：「先吃飯吧！菜都涼了，待會兒繼續討論。」

餐桌上還是圍繞著我打呼的話題，兒子趁機扯出一大堆我睡覺打呼糗事，好像除了我不知自己會打呼外，全天下都知。

喔！天啊！我幾時也淪為「打呼一族」！

男人一過了中年，沒有不打呼的，差別只在功力深淺。

一回，大學同班同學三人相約到後山來找我，他們訂了鹿鳴大酒店，還特別指定要有四張單人床的超大房間。然後，打電話要我無論如何一定要跟他們同住一宿，理由是要好好敘敘舊。

好友相聚，少不得開懷暢飲，酒醉飯飽之後，四人回到房間，邊泡溫泉邊聊年少輕狂往事，直到深夜近一點半才熄燈就寢。

次日天才剛亮，就聽到王誠對另兩位「同伴」抱怨說：「我昨晚被你們兩個打呼聲，吵得沒辦法睡。」

萬清笑說：「我看是你吧！只是你聽不到自己的打呼聲而已。」

王誠立即回說：「我那麼瘦，怎會打呼？看你們兩個腦滿腸肥的，不會打呼才怪，我被你們兩個連續吵了兩個晚上，都快精神分裂了。」

他們三人從台北南下，已出遊三天了，有兩個晚上都是同房共眠，「呼聲」應該共享吧！

看來，號稱「陳董」的景清嫌疑最大了，因為他頭好壯壯，又挺個大肚子，最有董事長的架勢，依常理推斷，應該是「呼聲」最高的人選。

只見他慢慢起身，伸了個大懶腰後，慢條斯理地說：「我承認我很會打呼，不過呢！有人是惦惦吃三碗公半，不鳴則已，一鳴驚人。」

咦！好像是在講我，忙拉開被角，偷偷瞄一眼，景清叫道：「別裝蒜了，就是你，還裝睡。」

我忙起身自清：「我睡最邊邊，干我啥事？」

景清說：「我睡你旁邊，回音是從你那頭傳過來的，他們以為我打呼，其實我是背黑鍋。」

「這……」我想到家裡老婆孩子的抗議，顯然罪魁禍首就是我囉！忙陪笑說：「好啦！好啦！算我不對，待會兒請你們吃早餐。」

萬清說：「少來了，早餐飯店會招待。」

我說：「那請你們看電影如何？」

王誠馬上吐槽說：「又在糊弄我們了，台東哪有戲院？」（那時台東真的沒有戲院）

最後，我們決定到東海岸欣賞太平洋美景，一路上少不了都環繞著打呼話題，相互吐槽，相互取笑。

都五十幾歲的老男人了，不打呼者幾希？

不知是兒子太大隻，還是攝影角度問題，感覺全家都被他「包餡」了。

30 老師，斯卡也達

每當聽到「老師，斯卡也達！」——「走過郵筒，別忘了捎信來，走過山下，別忘了上山來」這首歌時，腦海裡都會湧現在南溪生活的點點滴滴，當時學生也是如此問我：「老師，您會再回來嗎？」

位於東海岸山脈深處的南溪，被喻作「山中山」，不只因為它美得像世外桃源，更在它深遠得讓人不知它的所在。

一個幾被遺忘的美麗村落事實仍在，只是人口愈來愈少，十室九空的荒涼景象，讓每次舊地重遊的我心情都格外沉重。

在山上經營生態農園的學生林美瑛來電，說他們姊弟會利用清明連假回南溪老家，邀我上山一起聚會，抽了個空全家一起再遊南溪。

從台東市到長濱八仙洞後方的南溪，路程約一百公里，路況改善很多了，過去從樟原村徒步進入南溪，跋山涉水要兩個鐘頭，還要翻過兩座山頭，涉過四條野溪，現在開車只需十三分鐘。

抵達南溪國小，美瑛姪子已在那裡等候，山上岔路多，怕我開錯路，特地下來引導。望了一眼南溪國小，這個曾經我任教過，留下最多回憶的山區小學，竟然在我後來擔任教育局副局長時裁併掉了，人生的際遇有時還真奇妙。

到達美瑛家，她在外地工作的親友、同學、子姪輩都回來了，很是熱鬧。美瑛弟弟振釧帶我參觀到他的鳥園，一座占地十多坪大的圓形鳥園，飼養了孔雀、紅腹金雞、鸚鵡、雞鴨等，旁邊還有兩箱蜂巢。

我問他：「怎想到要養這些？」

他說：「從小在山上長大，很喜歡大自然的東西，南溪環境又好，就這麼養了，也試著想繁殖不同的品種。」

他進鴨舍，拿出一顆有雞蛋兩倍大顏色灰黃的蛋，說：「這是孔雀蛋，不過是鴨子在孵。」

孔雀蛋怎會鴨子在孵？他說，孔雀會啄壞自己的蛋，他就讓鴨子來孵，對面的兩隻母雞則是雞蛋、鴨蛋一起孵，原來孵蛋還可找「代理褓姆」，有意思。

振釧在老家四周種了很多楓香和小葉欖仁，搭配層層山巒，一片綠意盎然，很美。他國中畢業後，隻身到台北闖天下，現在是一家印刷廠老闆，事業有成卻不忘老家，每逢假日便回山上整理家園。

老家在他們姊弟胼手胝足改造下，有噴水大魚池、鳥園，還有一座二樓高的觀景台，可品茗喝咖啡，還可遠眺太平洋。

美瑛也利用附近舊有梯田栽種蓮花，一朵朵盛開的蓮花美極了，她給自己的蓮園取了個很好聽的名字，叫「花格格蓮莊」，她的夢想是把南溪發展成生態園區。

振釧是道地山裡頭長大的小孩，他的小孩則都在都市成長受教育。

我問他：「都市小孩和鄉下小孩最大的差異在哪裡？」

他笑說：「大家都說鄉下小孩文化刺激少，我不這麼認為。」他說，在學習資源與新科技流行時尚方面，城鄉或許會有差距，但現在網路資訊發達，偏鄉學生同樣可以透過電腦去認識學習，反而山裡頭無窮無盡的自然資源及生活野趣，是都市小孩接觸不到的。

他這番話很有道理，也讓我想起以前在此教書時，小朋友趕著牛羊到學校上課的有趣畫面。學生進教室上課，牛羊就在學校附近溜達，反正也不會走失，最有趣的是，學生的寵物，竟都是抓自山裡頭的烏龜、猴子、果子狸、小山豬，真的很酷。

中午大夥兒圍著長桌用餐，話題圍繞著一次大地震後，學校教室宿舍全震垮了，師生們一起窩在臨時教室上課的情景，這是大家一生最難忘的共同經歷。

強度達七點三級的強烈大地震，瞬間震垮南溪國小教室及老師宿舍，幸好師生都無人受傷。校舍重建需要好長一段時日，但學生課業不能耽誤，老師住的問題也得解決，當務之急，便是先蓋棟臨時克難教室。

所謂克難，就是速成、將就、就地取材。南溪山上多的是竹子，蓋茅屋更是當地村民拿手本事，在家長和村民熱心幫忙下，臨時教室很快就搭蓋好了，全部用竹子當材料，上面再覆蓋有紅白藍線條的塑膠布，遠看不像學校教室，倒像風景區賣冰、賣麵的攤販。

臨時教室共隔成七間，有辦公室、教室、也有老師宿舍，乍看之下，好像一應俱全，其實都是因陋就簡。

透明的塑膠布透光率百分之百，碰上大太陽天，燠熱不說，刺眼的陽光常照得大家都快變成瞇瞇眼了。上課時，只好學生戴帽子，老師戴太陽眼鏡，很好笑的畫面。後來有腦筋靈光的學生想到找棕櫚葉來覆蓋屋頂，才解決「照明過亮」的問題。

由於臨時教室是搭蓋在操場上，既沒整地也沒鋪水泥，上課時間，便見蟋蟀、蚱蜢、蜻蜓、蝴蝶漫天飛舞，抓不勝抓，常弄得學生無法專心上課。

南溪村民大多務農，農忙時期，幼兒照顧不來，哥哥姊姊便得權充褓姆，揹的揹，牽的牽，學校突然增加不少「伴讀生」。

小一點的娃兒揹在背上，比較不會做怪，頂多只是嚷著要喝水、尿尿而已，較大一點，正學爬、學走路的，就麻煩了，常滿地爬，滿教室跑。

教室是竹搭的，雖有用三合板隔間，下邊卻是透空的，小淘氣們就在班級間爬來爬去。一會兒，隔壁班學生過來抱回弟弟，一會兒，我班上學生到隔壁班找回妹妹，常令老師哭笑不得。

不過，看小朋友小小年紀，就懂得幫父母分擔家事，幫忙照顧弟弟妹妹，很令人感動，下課時間，師生更是笑鬧戲耍在一起。

下雨天更好玩了，上頭滴滴噠噠，下頭噼哩叭啦。雨下大了，教室地面一片泥濘，這不打緊，在附近覓食的雞鴨、溜躂的狗全竟都不約而同地躲到這「竹棚子」裡來了，學生也趕緊把放牧在附近的羊牽到教室裡來避雨。

看到這群躲進茅草教室裡避雨的雞鴨狗羊，我心想，會不會是牠們看到這棟茅草教室很眼熟，有親切感，所以自動來了。

在南溪山裡人煙稀少，人和家禽動物的感情自然更親近，我們常自嘲是雞鴨同籠、蛇鼠一窩。

當年的小朋友，現在都變成大人了，但就算年紀再大，只要一提起小學時光，童心就自然呈現。

美瑛拿出當年的全班合照，大夥兒竟都搶著看，有人自言自語道：「這真的是我嗎？怎麼那麼土。」

有人興奮說：「這是我耶！」

還有人說：「老師，您那時好年輕喔！」

大家都沉浸在童年時光的回憶裡，忘了那都已是三十年前的往事了。

南溪因沒有特定產業，村民都出外討生活，學生人數逐年減少。民國六〇年全盛時期，學生有一百二十一名，是設校四十六年歷史中，人數最多的一年。可是到了民國九〇年卻只剩十七名，當年八月不得不裁併掉。

巧合的是，三十年前我曾經是南溪國小的代課老師，三十年後，在我擔任教育局副局長時，為配合當年政府裁併校政策，竟在我手裡把那所讓我懷念特別多、感動特別深的山區小學給裁併掉了，人生的際遇竟是如此奇妙。

我在南溪山上待了整整一年，離開時也是滿滿的不捨。每當聽到「老師，斯卡也達！」——「走過郵筒，別忘了捎信來，走過山下，別忘了上山來」這首歌時，腦海裡都會湧現在南溪生活的點點滴滴，當時學生也是如此問我：「老師，您會再回來嗎？」

每隔一陣子，我都會上去南溪，心裡卻難掩感傷。當年三百多人口的山區村落，如今不到百人，年輕人都外出謀生，甚至不再回到這偏遠山村。

慶幸的是，南溪的青山綠水依然美好，一群年輕人像美瑛姊弟也抱著回饋鄉里的心情，以他們的熱情和創意，結合志同道合夥伴及公部門，希望透過生態保育與觀光旅遊的推廣，重新賦予南溪新的生命。

我對南溪特別有感情，不僅因為曾和學生一起經歷大地震後的艱困生活，最難忘的是當年同事們的和睦相處、師生間的深厚情誼，以及南溪家長們的熱誠、濃厚人情味，在在令我感動、永難忘懷。

在南溪待了整整一年，在那裡，我教書、讀書、寫日記、寫散文，蓄積著年輕生命奮進的能量，這當中，有對生命的體悟，也有對未來的期許。

回首來時路，我發現每一步都沉穩走過，也留下努力的痕跡，既無愧於心，也滿足於曾付出及所擁有的。而這一切都緣於在我人生起步的開始，南溪雄峙的高峰、蓊鬱的山林、幽靜的時空，給我生命意義的啟發。

和南溪國小學生合影，左為陳懋祥老師

31 蕭帥，叫你第一名

此生很聰明刁鑽，不叫我老師，竟叫我「蕭帥」。我故意問：「有你帥嗎？」他嘴巴很溜，回說：「老師，你要是第二，就沒人敢稱第一。」我大笑：「那第一就是你囉！」

在大學教書十多年，不敢說桃李滿天下，但七、八百顆總是有的，我教過東大、空大、大仁學院、崇右學院、精鐘商專，日間部、進修部都有。時光荏苒，早些年教過的學生，好些女生都已升格當媽媽了，男生則晉升「大叔」，臉型身材一「走鐘」，就不好認了。有時路上或公眾場所相遇，跟我打招呼時，總要問是哪個學校？幾時教過？才能慢慢喚醒回憶。

教過的學生當中，數東大體育系學生和我相處最久，趣事也最多。體育系學生不僅每個人都身懷絕技，擁有多項運動專長，學科表現也不差，最好玩的是這些學生都很鬼靈精、很上道、很講義氣。有些調皮學生，下課還會幫我按摩，諂媚說：「老師，您上課辛苦了。」其實是包藏禍心、另有所圖。哈！哈！

我和體育系學生感情很融洽，亦師亦友，上課照規矩來，不得踰矩，下課就攪和玩在一起，打桌球、丟棒球，玩得不亦樂乎！好些學生畢業十多年還有聯繫，師生之情始終未變，這應是大學教書生涯中最大的滿足吧！

有位學生叫張晉嘉，前一晚大概上網太累，睡過頭了，早上沒來上課。點名時，問：「有沒有人和他同住？」

同學回答：「沒有。」

第一節下課後，問了他的手機，打電話過去：「阿嘉，你來不來上課？」

他好夢正酣，被手機鈴聲吵醒，含含糊糊問：「你是誰啊？」

我大聲吼道：「我你老師啦！」

他可能尚未回魂過來，手機裡只傳來他咿咿嗚嗚的聲音，我沒聽懂便掛了，搖頭：「儒子不可教也！」

身旁學生笑說：「老師，他就是那副散形德性。」

不多久，只見他挾著書本匆匆跑進教室，一看到我，就舉報說：「老師，剛有人自稱是您，打電話叫我來上課。」他以為同學作弄他。

我故意板著臉問；「是誰？大膽假藉老師名義，叫你來上課？」

他搔搔頭說：「不知道耶！聲音聽不出來。」

這時同學再湊未條了，大聲說：「是老師打電話叫你來上課啦！」

「啊？這……」他一臉狐疑看著我，真是敗給他了。不過，那次之後，他再不敢遲到了。

又一學期，是一門三學分的課，開在上午第一節到第三節。要學生準時八點到，有點不近人情，我允許他們至遲不得超過八點二十分。大部分同學都能在約定時間趕到上課，但總會有一兩個「脫線」的，就難說了。

卓宇軒是柔道隊選手，臉肉肉的，身材也圓滾滾的，不像學生，倒像豬肉攤賣豬肉的老闆。第一節下課前點名，就少他一咖，問同學：「他怎麼沒來上課？」

有同學回：「老師，昨天我們去唱KTV，因今天第一節有課，我們就先走了，他跟他朋友還在唱。」

再問：「他住哪裡？」

有跟他同住的學生舉手：「老師，我和他同住，沒有很遠。」

我說：「好，下課帶老師去。」

趁二、三節中間空檔，有二十分鐘的下課時間，我在三位學生陪同下，到他的租屋處。上到二樓房間，看到我這個寶貝學生袒露著大肚子，像條肥豬公似的側身睡在鋪著墊子的地板上，還猛打呼，我上前朝他屁股踢了一腳。

他大概還在作夢，眼睛也沒張開，只手朝屁股後方揮了揮，嘟嚕道：「麥鬧啦！」以為室友在逗弄他。

我再補踢一腳，這回他才緩緩轉身，惺忪睡眼一張開，看到我站在他跟前，像看到鬼一樣，嚇了一大跳，頓時跳了起來，結結巴巴：「老、老、老師，您、您、您怎麼在這裡？」旁邊同學都忍不住笑了出來，他趕緊拎著褲頭爬起來。

我笑笑說：「來請卓少爺去上課。」

他一臉尷尬說：「老師，拍謝啦！昨晚唱歌唱太晚，又喝了點酒，所、所以睡晚了。」

我說：「教室等你。」

第三節上課鐘響，他閃進來了，學生們哄堂大笑。後來聽其他同學轉述，我這位寶貝學生說，很怕蕭老師再闖他閨房，萬一撞見他和女友……，更怕蕭老師踢他屁股，萬一失準，踢到他的痔瘡，就真的要喊救命了。

此生畢業後，沒往體育界發展，自己開了家寵物店，常在臉書ＰＯ可愛貓狗照片。有一天問我：「老師，我這裡有很多可愛小狗，有沒有興趣養，送您一隻。」

我回說：「謝謝啦！老師很懶，不想當狗奴才。」

他知道我在開玩笑，寵物狗我當然沒要，但他的心意，百分之百收了。

另位高徒莊智銘，家裡開駕訓班，聽他說，他小三就會開車。

有一天，趁他爸午睡時，偷開車在駕訓場裡頭轉，因為個子小，他媽只看到車子在訓練場上跑，卻沒看到人，以為是幽靈車，嚇得趕快叫他爸出來看。

他老爸一看，知道兒子是可造之材，從那時開始，就傳授他精湛駕駛技術，也練就他一身開車好本事。

一回，開車載他和另兩位同學到東海岸學校參訪，事畢返回家裡，當我遙控打開車庫電動門，兩段式彎進車庫時，他說：「老師，免這厚工（費工夫）啦！」

「不然呢？」我問。

他說：「您看我的。」

我把車子交給他，他把車子倒出車庫，然後快速「唰！」的一聲直入車庫，精準到位，我和另外兩位學生拍手叫好，果真好本事。

他偷偷告訴我：「老師，我跟您講喔！我常去西部參加飆車比賽，拿過幾次冠軍，還有獎金耶！」

我開玩笑說：「賺外快嗎？」

他悄聲回：「也算是啦！」

我說：「要注意安全。」

他說：「我會注意的，謝謝老師。」

智銘家住澎湖，一回到澎湖旅遊，他爸媽熱情招待，為了讓我和內人吃到道地澎湖海產，他老爸親自出海一趟，當晚現釣現撈海鮮全上桌，豐盛極了。

我在海軍服預官役時，驅逐艦曾駐防澎湖測天島，智銘問我：「老師，想不想舊地重遊？」我說：「當然好啊！」

智銘便駕著他們家的快艇，載著我和老婆到海上飛馳，再度享受乘風破浪的快感。搭乘快艇馳騁海上，遠眺測天島，並欣賞澎湖灣的夕陽餘暉，真人生一大樂事也！

體育系學生活潑好動，而且很鬼靈精，稍不留意就會著了他們的道。

開學第一天，學生七零八落地散坐在教室，我要他們往前坐，以便集中管理，也好教學。其中一位叫林佳明的，獨自坐在最後面，頭低低的，我一瞧，「好傢伙，上課還玩手機。」

便問：「怎不坐到前面來？」

「報告老師，我有老花眼。」他大聲回答，這時聽到學生有人在竊笑。

我心裡想：「騙小的，你當老師是白癡啊！」

走到他身後，往他腦袋一巴：「少年耶！老花眼還可玩手機玩得那麼起勁。」

全班大笑。

他站起身來，心虛地說：「好啦！好啦！我搬到前面坐就是。」

我要他坐到講台正中央前排位置的「特別座」，好就近看管，同時提醒他：「放心啦！老師口水保證不會噴到你。」

他俏皮回：「我還是準備雨傘好。」

此生很聰明刁鑽，不叫我老師，竟叫我「蕭帥」。

我故意問：「有你帥嗎？」

他嘴巴很溜，回說：「老師，你要是第二，就沒人敢稱第一。」

我大笑：「那第一就是你囉！」

此生家裡開營造公司，畢業後，在家裡幫忙，做得有聲有色，開卡車、怪手樣樣來。有一次到台東來找我，還帶了伴手禮來，我回贈我寫的書。之後將二人合影照片PO在臉書，他在上面留言：「蕭帥，為何您拍照都比我好看？」

我回：「當然，因為我是你老師。」

我常會逗弄調皮學生，學生也會伺機報復我。有一次，和體育系主任溫卓謀教授帶隊到高雄參訪，在參觀完「夢時代」健身俱樂部後，讓學生自由活動，言明五點集合上車。

時間很充裕，我和另兩名學生沿著樓層慢慢逛百貨公司，三人在大創前喝飲料時，忽聽得廣播：「蕭福松小朋友，樓下服務台有你的家長在等你。」

一看錶，才四點五十分，距上車時間還有十分鐘，莫非提早了，三個人便飛也似的奔下樓，大廳的學生看到我們三人氣喘吁吁趕到，大笑不已。

我一想：「糟！著了道了。」

便喊道：「坦白從寬，自首無罪，誰找服務台廣播？還說我是小朋友。」

學生笑做一堆，平常喜歡模仿老師上課口氣的曹世群，這時從人堆裡鑽出來，「嘿嘿！老師，是我啦！」

一把拽過他來，狠狠在他大屁股上打了一下，看得眾人大笑，之後，師生二人相擁上車，就是這般無拘無束的互動，讓師生感情更緊密。

家裡現在還留存體育系九八級學生送我的紀念品，一塊大珍珠板做的「群英榜」。班長謝佳芬很用心，蒐集了全班同學的大頭照後，分別加註同學的個性、特徵、綽號，並加以美工，成為送給我最有紀念性的畢業禮物。

她自稱「一、實習小老師，二、咖啡達人『加分』是也！」對其他同學，則是「桌球小王子，大肚男～純潔（石淳頡）是也！」、「雖然不怎麼高，卻很帥氣的周彥廷」、「綠島小王子～黃柏融」、「高人一等的阿諾～郭峻瑋」、「上國語像自然的『戶外達人』林方蔚」、「心得達人，百字輕鬆，千字簡單，準碩士生～陳秋君」、「越來越正的綠豆兒～張琇惠」……，其他族繁不及備載。

至於我呢？佳芬的評語，是「人稱『蕭副座』的福松老師是也！實習生活就靠他，一通電話就行走台東縣國小，試教參觀不用煩，寶貴經驗送給你，職場生活不用怕，今生貴人就是您。感謝您的用心良苦，千言萬語道不盡，祝日安順心！」

其他同學也都有留言，茲取三則：

Dear蕭老師：很多的長官、長輩都會有很難親近的感覺，但老大您是少見的親切又沒有架子的，超Nice……，讓大家與您在一起總是歡樂自在。謝謝您陪伴我們成長，在大學的最後兩年，因為有您，更增添了我們生命的色彩，因為有您，豐富了我們的生命，謝謝您！因您無私的教導，我們真的收穫滿滿，祝福您身體健康！帥氣快樂！學生以亭。

Dear蕭老師：感謝您一路的帶領與教導，如今驪歌即將響起，心中十分不捨，在此獻上千萬分的謝意，希冀老師要好好照顧自己的身體喔！祝福天天Happy！學生秋君。

Dear蕭老師：謝謝您對我們的疼愛、照顧，在您身上學習到的，足以讓我們帶到下個旅程。和您相處的每個日子，都會是最美好的回憶之一，祝福您事事順心快樂！要記得九八級的我們哦！學生琇惠。

我和體育系學生一直維持良好的師生關係，他們也確實對我好，合球隊到德國比賽，學生洪冠儒特地帶一瓶紅酒回來送我；他的學長成威寰到大陸比賽合球，適逢奧運在北京舉辦，特地買了件紀念T恤回來送我，我則請他們吃牛排、看電影。上課期間，只要時間允許，我都會安排他們參訪台東縣議會、教育電臺、志航基地，以開拓視野，增廣見聞。

我和體育系學生一直維持很好的互動，他們也很捧場，讓我連續兩學期獲選東大「教學優良教師」。儘管他們都已畢業多年，但這份師生之情始終不變，有一年教師節前夕，我投稿「人間福報」論壇，次日刊登出來。全文如下：

教師節前夕，陸續收到學生透過Facebook、Line或者寄卡片傳來的祝福，心裡滿滿的感動。這些大學已畢業多年的學生，有的已當老師了，當他們對曾經教過他們的老師表達祝福之意的時候，相信他們也同時收到他們的學生給予的「教師節快樂」的祝福。這種懷念、感恩的體現，在師道尊嚴不再的今天尤顯珍貴。

一位大三大四帶過、現已是國體大博士生的學生陳清祥，尤其令我感動。週日晚，他打電話給我，說火車剛到花蓮，問我幾點休息，他有東西帶給我，我說「沒關係，我等你。」

晚上十點半，他下火車後便直接騎機車到家裡來，一見面，雙手遞上他特地從台北買要送給我的知名蛋糕，笑說：「老師，教師節快樂！」我也回：「清祥老師，教師節快樂！」因為他現在也在大學兼課。

清祥每年教師節都不忘給我祝福，即使到國外參加研討會，也會寄風景明信片報平安。我請他進屋內，他說他伯公過世，還未滿對年，不方便進入人家家裡，我說沒關係，我沒有這個忌諱。他說：「我媽有特別交待，怕造成別人不便。」師生二人就在門口聊談。

送他離開後，心裡十分感佩他的父母把他教養的那麼好。

一個會遵從傳統禮俗、處處替人設想的人，絕對是個心地善良、品行端正的人；一個懂得感恩、尊師重道的人，將來也絕對是個好經師、好人師。一個已唸到博士班的年輕人，不見驕氣，一貫地謙沖，執師生之禮，表現對老師最大的敬意，令人欣慰感動，更值得青年學生學習。

陳清祥現在是中國醫藥大學助理教授兼體育中心主任，教學很認真，很受學生歡迎。國體博班畢業前，他寫了封信給我：

謝謝老師！我相信一個學期的課，絕對不是只是三十六個小時的影響，更何況老師教了我兩年，還有許多社會學跟人際關係與溝通，這才是最重要的。老師教過的我永遠記在心裡，沒教到的，我永遠記得要趕快去跟老師請益。

從小我對爸爸的認知，永遠只有忙碌，認識老師後，老師對我做的一切，就像我理想中的爸爸一樣，深深影響著我。從碩班到博班，謝誌中感謝家人那段，總是流著淚寫下『謝謝老師』，讓我永遠記得台東有著關心我的爸爸老師～您。

我不擅長講好聽的話，只知道把感恩放在心上，老師對我的教誨與影響，以及我在老師身教上所看到的感動，我永遠銘記且刻劃在心中。教師節前夕，永遠不忘老師對我的影響以及所給我的感動，謝謝老師！祝教師節快樂！

和寶貝徒兒們的愉快相處，給我最大的啟示是，每個孩子的潛能和可塑性都很大，只要循循善誘，貼近他們的心，沒有改變不了的習性，最怕是姑息縱容或視而不見。

慶幸的是，我的學生都能接受我對他們的「基本要求」，盡本分、恪遵禮節、扮演好角色、做自己該做的。

我授予他們的，也不僅只是書本上的知識，更擴及生活經驗、人生態度及待人處世之道，期望他們在勇闖自己的未來時，不失赤子之心，也不失仁慈敦厚之心。

從尊師孝親、待人以誠，到盡己之力、推己及人，都能做到光明磊落、俯仰無愧，方不失讀書人風範與格調。

帶學生到南橫霧鹿國小試教，與陳清祥攝於霧鹿砲台

32 感念生命中的貴人

從小到大，不論求學或工作階段，都幸運遇到一些良師、好長官，給我提點、鼓勵，或適時拉一把。不但人生的境況變得很不一樣，也讓自己更成熟成長，他們都是我生命中的貴人，回首來時路，對他們盡是滿滿的懷念和感恩。

人一生中都會有貴人，所謂「貴人」不一定指有錢有勢的達官貴人，而是在人生低潮或遭遇困難的時候，能適時的一句鼓勵話語或及時伸出援手，讓人改變想法、扭轉頹勢或脫離困境的人。這些肯熱心幫助人的人，額頭上並沒有標誌「貴人」兩個字，但都是每個人生命進程中不可或缺的重要推手。

出現在我們生活周遭的人，不管是認識的熟人，還是不相識的陌生人，都可能是我們生命中的貴人，相對的，我們也可能是別人生命中的貴人。所以不管人生際遇如何，擁有一顆慈悲、善良、溫暖的心，做自己的貴人，也做別人的貴人。

從小到大，不論求學或工作階段，都幸運遇到一些良師、好長官，給我提點、鼓勵，或適時拉一把。不但人生的境況變得很不一樣，也讓自己更成熟成長，他們都是我生命中的貴人，回首來時路，對他們盡是滿滿的懷念和感恩。

方樹聲老師

方樹聲老師是我唸東師附小五、六年級時的導師，矮矮胖胖的，對學生很嚴格。班上六十二個同學，男男女女都曾挨過他的板子，唯獨我從來沒有挨過，不是我特別優秀，而是他對我特別照顧。

小時候家裡窮，繳學費都很勉強，更不要說課業輔導費，六年級寒假時，學校規定要上輔導課，同學都繳了，我知道爸媽一定拿不出這筆錢，也沒跟他們提。

寒假第一天，我跟平常一樣早起做功課、寫作業，約八點半時，班長跑到家裡來跟我說：「老師叫你去上課。」

我說：「我沒有繳錢。」

班長說：「老師說，他幫你繳了，要你趕快去上課。」

我書包一揹，趕緊跟著班長回教室上課，看到方樹聲老師，我鞠躬說：「謝謝老師。」

他笑笑說：「沒事，好好用功就是。」

當時附小校區分總校和二校，高年級都在總校上課，總校就是現在桂田酒店的位置，每天的升旗典禮則在二校舉行，升完旗後，高年級生再走回總校上課。我因為個子小，都走在隊伍最後面，方老師也走在最後頭照應學生。好幾次，在回總校途中，他總把他厚厚的手掌搭在我肩上，像朋友般的跟我閒聊，同學看了都好羨慕。

印象最深刻的是，他有一次跟我說：「蕭福松，你很聰明也很用功，老師知道你將來會很成器，記住老師跟你講的話，人窮志不窮。」

「人窮志不窮」成了我往後時時惕勵自己的座右銘，不管外在環境如何，目標一經確定，就全力以赴，且絕不取巧，要開大門走大路。更重要的，隨時檢討自己，修正觀念、態度和行為，期許做個堂堂正正、光明磊落、不虛偽、不矯情的人。

當時學校為培養學生儲蓄習慣，規定每個人都要開戶存錢，我生吃都不夠，哪來閒錢？也沒跟家裡提，當然也沒開戶。方老師知道我家裡情況，也不勉強，但為了應付學校查核，他就用我的名字開戶，再存他的錢入帳，算是對學校有交代，也幫我解決了「阮囊羞澀」的難堪。

當時國小升初中須參加升學考，競爭很激烈，班上家境好的同學，晚上都到方老師在福建路的租屋處補習，班上有一半以上的同學都參加補習，補習費當然不便宜。

六年級下學期，有一天，方老師跟我說：「蕭福松，從今天晚上開始，你也來補習吧！」

我說：「可是我沒錢繳補習費。」

他說：「你來就是，老師不收你補習費。」就這樣，我加入補習行列，也幸運考上初中，對方老師特別對我的厚愛，我當然一直銘記在心。

遺憾的是，在我唸東中高二時，方樹聲老師因心肌梗塞，半夜睡覺時在睡夢中辭世，聽到這個噩耗，心裡好難過。

出殯時，找了幾個要好的同學送方老師一程，內心滿是感激、感恩、感念，沒有方樹聲老師的特別照顧和鼓勵，我怎能從一個窮人家小孩蛻變成長，方樹聲老師是我生命中第一個貴人。

田增斌老師

田增斌老師是我唸台東高中高二時的國文老師，很有古代文人的風範，經常一襲藏青色長袍，一副仙風道骨模樣。

他太極拳打得很好，常看到他在校園或體育場靜靜地打著太極拳。他律己甚嚴，不苟言笑，但正如他打太極拳時的神情，莊嚴肅穆，卻不失敦厚誠懇，真正的君子、讀書人。

田老師教學很認真，他教我們國文，常旁徵博引，加深同學對國文及古文的認識。他派給我們的作業，除作文、書法外，就是研讀章回小說，舉凡紅樓夢、西遊記、三國演義、金瓶梅、水滸傳、東周列國誌、漢唐演義、七俠五義、老殘遊記、儒林外史……，我們都讀過。不但讀得津津有味，也在精彩故事的情節中，啟發對中國文化歷史的了解，更從中領會忠孝節義的意涵。

我們看古代章回小說，寫讀後心得報告，田老師也為我們講解，為何古人「少不讀水滸，老不讀三國」的道理。原來年輕人血氣方剛，讀了《水滸傳》之後，如果也學梁山泊一〇八條好漢佔山為王，跟政府搞對抗，那代誌就大條了。至於年紀大的人，都已有相當的人生經驗及社會閱歷，如果心術不正，再看《三國演義》，即使不是老奸巨猾，大概也一肚子壞水。

田增斌老師對我很好，作文常給高分，因此，常個別指點我寫作要領，包括寫作時要把思維放大，思考層次拉高，才不會流於主觀，或只見樹不見林。

我那時毛筆字寫得歪七扭八，都快成了變體字，田老師也不說我字寫得難看，而是說「你的字啊！龍飛鳳舞！」同學聽了大笑。

田老師知我個性急躁，沉不住氣就會發火，便要我試著一筆一畫慢慢寫，他常開玩笑說我做事情只五分鐘熱度，等熱情沒了，火也熄了。

為了磨練我的耐性和毅力，也藉此練習寫作能力，全班他只要求我寫日記。為了不讓田老師失望，我試著寫日記，剛開始很正常，可沒多久，日記變週記，週記變成月記，之後就沒下文了。

當田老師問我日記寫得如何時，我竟無言以對。田老師並沒多說話，也沒責怪我，只輕輕「哎！」輕嘆一聲，轉身離去。

田老師雖只是輕嘆一聲，但聽在當時的我耳裡，就像一記悶雷，我當場愣在那裡。我知道我讓田老師失望了，果真如他所說，我做事缺乏恆心、耐性、毅力？

為了確確實實改正這個缺點，我特地到書局買了本精緻的日記本，所費當然不貲，用意是既然花錢投資了，就一定要有成果，不像之前隨便拿活頁紙寫，自然就不用心了。

剛開始，就如同童子軍的日行一善，幫媽媽買醬油、作業借同學抄、放學載同學回家，都是家裡和學校的一些瑣事，後來為充實內容，我開始觀察周遭的人事物，並就自己的觀點，寫出自己的看法。原來只是一頁兩、三百字的日記，慢慢變成兩頁五、六百字，有時甚至寫到八百、一千多字。

我遵照田老師的指導，在晚上就寢前寫日記，也學曾子：「吾日三省吾身，為人謀而不忠乎？與朋友交而不信乎？傳不習乎？」把一整天的生活做了一次簡短的回顧，然後從中找題材。

日記寫上手，恆心、耐性、毅力，包括「定、靜、安、慮、得」的修養也逐漸養成，對日後個性的形塑與寫作習慣的養成影響很大，也建立很扎實的基礎，這全拜田增斌老師的期勉和指導。

上了高三，開始準備聯考，但課外書也沒放棄，當時同學間流傳鄧克保寫的《異域》，是描寫民國三十八年國共內戰，國民黨部隊敗走雲南，在滇緬邊界打游擊的故事。

內容很精彩，情節更是感人，尤其描述孤軍和共軍、泰緬軍作殊死戰的慘烈狀況，更叫人血脈賁張。《異域》一書在當時激起很多年輕學生強烈的愛國意識，看到國軍在泰北孤軍奮戰，仍升起中華民國國旗，教育下一代中國文化，讓中國文化繼續在海外生根發揚光大。

《異域》所在地點，就是現在所謂的「金三角」，當時的時空環境確實很複雜，《異域》描述了孤軍艱難的處境，也激發青年的熱血，因此，我在寫讀後感時，不僅抒發對孤軍的同情，也有對政府處置的不滿，二千多字的文章中，不乏偏激論調。

一天下午正上體育課時，天氣很熱，太陽正大，田增斌老師特地到操場找我，也帶了我的作文簿來。他跟體育老師打了招呼後，拉我到一旁樹下，足足花了半個多鐘頭時間，為我詳細解說《異域》寫作的時代背景及政府當時的處境。耐心地開導我，要我遇到事情時不要衝動，不要輕易下結論，必須沉著冷靜，了解整個事情的前因後果後，再做客觀評論。

高中時代，作者（前左）和沈禎（前右）到知本溫泉郊遊

田老師的一番話，對我日後面對問題及處理事情的態度，起了很大的指引作用。年輕人血氣方剛，衝動難免，卻很可能因走錯一步而滿盤皆輸，田增斌老師基於愛護學生的心情，不希望我因一時無知而造成思想偏誤，大熱天，頂著大太陽到操場找我的畫面，至今猶在我腦海裡深刻地烙印著。

林俊藩副主任

大學聯考放榜，我考上世新，但因家境貧困，負擔不起學費，乾脆連報到也不去，直接到綠島代課。我在公館國小一邊教書，一邊準備考試，當年綠島沒電，只能點油燈，讀書效果如何可想而知。隔年重考，還是世新，心裡不甘，就申請保留學籍，想回台東代課。

但小學已開學，無課可代，我算是待業中，經常閒閒沒事就到國民黨台東縣黨部看報紙。有一天上午，當我正在看報時，一位身材微胖方面大耳、長相頗威嚴的先生走到我身旁，關心地開口問：「小夥子，大學不是已經開學了，你怎麼沒去上課？」

我就把辦理保留學籍的事情跟他透露，表明希望能代課自籌學費，他聽了，頻頻點頭，對我說：「我看你面相很好，將來一定會很有出息，這樣好了，你的事情……，嗯，我來想想辦法。」然後他告訴我，他是台東縣黨部的副主任叫林俊藩。

林副主任要我寫一封自薦信，先讓他過目，由他轉交給黃鏡峰縣長試看看。聽林副主任這麼一說，我很興奮，趕忙回家很快地完成一封自薦信，再到縣黨部找林副主任。他看了之後，連連誇讚我自薦信寫的很好，可說文情並茂，他只在信中多加了「以解倒懸」四個字。

兩天後，我再到黨部，林副主任一看到我，滿臉笑容說；「小夥子，好消息，黃縣長已約好時間要在公館見你，當面和你談。」我聽了，很是高興，連連跟林副主任道謝，若沒有他幫忙，憑我一個沒背景的小夥子，哪來機會？

在約定的時間，我去到縣長公館，黃縣長人很和藹，招呼我坐下後，親切地詢問我家裡狀況及升學情形，我一五一十報告。然後，他問：「這信是你自己寫的嗎？」我回說：「是我自己寫的。」

他沉吟了會，說：「你文筆很好，這樣的人才不用很可惜。這樣好了，我會交代人事室盡快幫你安排。」謝過黃縣長之後，我回家靜候消息。

兩天後，我接到縣府人事室通知，要我直接到長濱鄉南溪國小報到。可是南溪國小在哪裡？我到縣府教育局問裡頭的人，竟沒人知道在哪裡？只知道很遠很遠，要我走一站問一站。就這樣，我背著行李到公路局車站，站務員告訴我先搭公路局車到成功鎮，然後轉搭安榮客運到長濱鄉，之後再問當地人吧！

我聽了頭大，這叫我怎麼找？幸好在車站巧遇也在南溪國小代課的高中隔壁班同學陳懋祥，有他帶路我放心多了。

但南溪國小的確很遠，從台東搭公路局車到成功站，轉搭安榮客運到長濱鄉樟原村，車程就花了將近三個半鐘頭。

在樟原村站牌下車後，看到對面有一所國小，我以為到了，正感到高興，陳懋祥說：「那是樟原國小，南溪國小在山後面，要翻過兩座山，涉過四條野溪。」

我一聽，差點沒腿軟，但心裡想，黃縣長好不容易幫我安排代課工作，豈能輕易打退堂鼓，何況同學都可以在山上代課，我有什麼不可以？咬著牙，扛著行李，亦步亦趨，跟在陳懋祥後面走，還真不是普通的爬山。

當時心裡想，或許是老天在考驗我吧！否則去年在離島的綠島代課，今年怎到深山裡頭的南溪代課，一是山一是海，果如孟子所說：「天將降大任予斯人也！必先苦其心志，勞其筋骨，餓其體膚，空乏其身，行拂亂其所為，所以動心忍性，增益其所不能。」當時，大概也只能拿孟子這段話自我安慰、自我惕勵。

我在南溪國小待了整整一年，這一年我經歷了很多事情，除了必須忍受長途跋山涉水之苦外，也得忍受山區生活的不便和孤寂，更曾親身經歷天崩地裂的大地震，在教室、宿舍全毀的情況下，師生窩在茅草搭建的簡陋教室裡同甘共苦。

在南溪的那段山居日子，是我這一生最難忘、體驗最深的歲月。我教書也讀書，寫日記也寫散文，靜思也冥想，思考著一切我能思考的，蓄積著年輕奮進的能量，這當中，有對生命的體悟，也有對未來的期許。同事間的和睦相處，師生間的深厚情誼，以及家長們的熱情、濃厚人情味，在在令我感動，永難忘懷。

後來我寫了兩本書，《拾掇集》裡的〈南溪憶往〉及〈被遺忘的南溪部落〉（皆由台東縣政府文化處出版），就是描述我在南溪山居生活的心情感受。

對一個才十八、九歲的懵懂小夥子來說，這個歷程是很可貴、很值得回味的，當然，最感謝的是黃鏡峰縣長和林俊藩副主任，沒有他們兩位「貴人」的提攜，也許就無法成就後來的我。

在南溪代課一年後，我回世新復學，深知窮人家小孩讀書不易，更加努力用功，成績都名列前茅，也因此每學年都獲得校內外多項獎學金，剛好充作

林俊藩副主任（左）親贈墨寶鼓勵，右為文化里溫金福里長

學費。

我常把在台北的求學及生活情況，寫信告知林副主任，他都立即回信，信中除對我多加肯定、勉勵外，也提醒我待人處事道理，對我如子姪輩看待，關心鼓勵有加。

我預官退伍後，回台東擔任記者，林副主任已轉往寶桑國中擔任文書組長，我常到學校看他並當面請益。他講話聲音很宏亮，丹田十足，但不失風趣，也不倚老賣老，倒把我當小老弟看待，二人常說說笑笑，就像忘年之交。

民國八十六年間，我擔任台東市公所主任祕書，那時林副主任已高齡八十四歲，仍親手寫幅立軸，裱背好之後，在文化里溫金福里長的陪同下，親自送到辦公室送我，字詞中頗多勉勵，令我感動不已。

對他老人家，我只有深深的懷念和感恩。

黃鏡峰縣長

我大學唸世新新聞系，暑假實習，因成績優異，原被安排到中央社實習，但因家在台東，便申請轉換實習單位，在台東「大漢日報」實習，被指派採訪救國團自強活動新聞。

當時黃鏡峰縣長兼任救國團台東縣團委會主任委員，二人再度重逢。黃縣長每次要去訪視自強活動團隊時，都會事先告知我行程，於是每隔幾天，我就到縣長公館等候，然後搭縣長座車一起前往東海岸或南橫公路慰問健行隊的隊員們。

有一次，黃縣長告知他要去訪視南橫健行隊邀我同行，我便預發新聞。第二天，我到縣長公館，黃縣長一看到我，就笑呵呵地說：「我今天要對學員講的話，都被你說了，我還講什麼？」

我說：「報告縣長，我只是揣摩您的口氣。」

黃縣長笑說：「好像你是我肚裡蛔蟲，知道我要講什麼？」

我就坐縣長座車的副駕駛座，車上就黃縣長、新聞股長、司機老楊和我四人，我們一起上山下海，走訪各營隊，留下很多珍貴鏡頭，也讓我的實習記者成果圓滿豐碩。黃縣長對我很好，除關心採訪實習外，對我也很禮遇，給我很大支持。

有趣的是，我當實習記者隨黃鏡峰縣長採訪時，是搭縣長座車坐在副駕駛座，數年後，我考上公務員，在縣府新聞股當科員，負責新聞發佈，常隨蔣聖愛縣長下鄉巡視，坐的也是這個位子。又若干年後，我當鄭烈縣長機要祕書，經常陪同下鄉，坐的仍然是這個位子，人生際遇有時還真充滿諸多巧合。

我和黃鏡峰縣長一直保持聯繫，我擔任台東市公所主任祕書時，黃縣長是退輔會副主任委員，在業務及人事協調上給我很多的指導和協助。有一年，國民黨台東縣黨部要選黨代表，黃縣長打電話給我，請我支持黃健庭，我說沒問題。

投票當天，我帶著市公所黨員同志十六人，直接走路到對面的縣黨部投票。同事問：「報告主祕，投誰？」我笑回：「唯一支持，黃健庭。」

在黨部大門口，遇見黃縣長夫人剛好在幫黃健庭拉票，看到我拉著手說：「蕭主祕，拜託您了。」

我說：「沒問題，人都帶來了。」市公所同事們也很給面子，在黃縣長夫人面前比了個黃健庭的號次，那一次黨代表選舉，黃健庭高票當選。

又一回，黃鏡峰縣長打電話給我，說要到家裡拜訪，我說我住公寓地方小，怕不方便，他說沒關係。約好時間，他一個人來了，就在小客廳談了四十分鐘，主要是徵詢我對黃健庭選縣長的看法，當時黃健庭擔任國代，我分析了當時台東政壇情勢，建議暫時緩一緩，一方面等待適當時機，一方面蓄積基層能量，等時機成熟，必能一舉中的。

黃縣長在我說明時，頻頻頷首表示認同，認為我分析的很有道理，也接受我的建議。這是我和黃縣長的最後一次見面，但他誠懇、親切、隨和，另方面又堅毅、果決、幹練的模樣，一直鮮明地存在我的腦海裡。

蔣聖愛縣長

蔣聖愛縣長是我接觸的第二個縣長，原先我在成功鎮公所當里幹事，後來縣府新聞股科員出缺，他調我回來，經常就陪他下鄉訪視，負責拍照及發佈新聞。相處久了，少了層級的隔閡，多了性情的交流。

有一回他跟我說：「蕭耶！為什麼縣政府裡頭小姐看到我就像看到鬼，遠遠就躲開去，我有那麼可怕嗎？」

蔣縣長大部分時候都和我講台語，用詞自然幽默直接。

我說：「報告縣長，您是縣長高高在上，不笑的話很嚴肅，縣府女同仁看到您想打招呼，怕您不理她們，不打招呼，又怕被您說無禮，乾脆遠遠閃走。」

他聽了，覺得有道理，便問：「那你說，該怎麼辦？」

我說：「縣府同仁就像您家人，以後碰面，換您先主動打招呼，點個頭揮個手，一回生二回熟，氣氛自然會變好。」

蔣縣長從善如流，一段時間後，縣府氣氛果然大不同，女同仁看到蔣縣長不再遠遠躲開去，而是「縣長早！」、「縣長好！」大家都高興，上班更有精神。

蔣縣長對我很好，每次和他在公館吃飯，他都關心我考試情形。他說：「蕭耶！你能力很好，做事情很有要領，不當課長很可惜，拜託你快點考上好嗎？」

哪有縣長拜託科員認真考試之理？我怎承擔得起，奈何兩次新聞行政高考都以些微差距落榜，不只蔣縣長心急，我內心也急啊！

後來轉戰乙等特考，果然一試就ＯＫ。得知我考上乙等特考，取得薦任資格，蔣縣長很是高興，二話不說，沒多久就發佈我接任甫成立的文化中心推廣組長。

對發佈我接任文化中心推廣組長一事，蔣縣長也頗有感慨，他私下跟我說：「蕭耶！外面都說我人事有收紅包，我有收你的嗎？」

我說：「謝謝縣長！您沒有收我紅包，我也沒有紅包可送。」

當時，外界的確有此傳言，但應是他周遭親友假借縣長名義所為，以我跟蔣縣長相處的經驗，他是一個很篤實、厚道的長者，沒有政治人物的奸巧投機，遺憾的是，外界對他頗有誤解。

我在文化中心僅待半年，之後，鄭烈接任台東縣長，我則在機要祕書鄭永霖推薦下，到縣長室擔任助理機要祕書。當時雖已改朝換代，也知蔣縣長和鄭縣長政治立場不一樣，但在我想法裡，政治歸政治，人情歸人情，蔣縣長對我有提攜之恩，我不能當背信忘義之人。

有一回聽聞他身體不適，我買了水果去他家探視他，他很高興也很感慨，高興的是老部屬去看他，感慨的是人情的冷暖，言談之中，頗多感觸，我也由此體會政治的現實及人情的澆薄。

蔣聖愛縣長對我的厚愛及提攜之恩，一直不敢或忘，始終銘記在心。

鄭烈縣長、鄭永霖祕書、徐鼎標局長

鄭烈縣長人如其名，個性剛烈，愛憎分明，是非分的很清楚，在他底下做事，只要一切合法都好辦，沒有旁門、後門這種官場老套路。

跟在鄭烈縣長旁邊，見的人多了，看的世面也多了，慢慢地智慧也開了，尤其早晚隨著鄭縣長到處訪視、拜訪、巡察、接見陳情民眾、會見外賓訪客、處理各種突發狀況……，的確學會很多事情，深知為政者要以民為本、以民為念，才不會辜負老百姓的期待。

機要祕書鄭永霖是我世新學長，人很聰明，思路敏捷，反應很快，待我如兄弟，很照顧我，二人都是新聞記者出身，論述能力都不差。當時台灣時報記者陳敏智，對鄭烈縣長的施政頗有意見，幾乎天天撰稿批評，陳敏智也是世新高我們好幾屆的大學長。

但當時情況，是各有立場，也各為其主，於是只要陳敏智學長在台灣時報有「不當」批評，我和鄭永霖便聯手砲轟，筆戰滿天飛，形成學弟打學長的有趣畫面。表面上我們公事公辦，筆戰照打照罵，私底下感情卻很好，畢竟世新傳統，學長姐很照顧學弟妹，學弟妹也都很尊敬學長姐。

鄭烈縣長個性剛直，對縣府公務員操守要求很高，不容有貪瀆或藉職務揩油、歛財情事，因此，只要操守好，工作能力表現優異的，都能獲得晉升機會。

當時庶務股長林興得先生屆齡退休，鄭烈縣長要我去接庶務股長，由於我對庶務工作外行，對金錢數字尤其沒有概念，當場便予婉拒。隔了一陣子，

作者（右二）陪同鄭烈縣長（中）登記參選連任

縣長再提，我還是敬謝不敏。

又隔了一段時間，林股長都打包準備告老還鄉了，庶務股長職缺還是懸而未決。

鄭烈縣長第三次找我，他大概已知我心裡在顧忌什麼，開門見山就說：「老蕭，我當縣長都不貪了，你怕什麼？」

我說：「縣長，這可是您說的喔！」這才接下庶務股長工作。

拿到派令，我到庶務股報到，同事都熱情歡迎，和他們一一打完招呼後，我把資料放在桌上，準備坐下。

庶務股辦公室很大，股長辦公桌單獨一張，面對十幾個同仁，在眾人鼓掌聲中，我緩緩坐下，可才一坐下，

作者（左三）時任台東市公所主任祕書，宴請歷任縣長機要祕書餐敘。左起盧俊惠、黃義森、作者、鄭永霖、王錦機、江鑽照

大旋轉椅鐵鑄的軸承突然斷了，幸好我還沒坐下，隨即站了起來，椅子則傾倒在一邊。

眾人也嚇了一大跳，這張大旋轉椅，坐過很多任庶務股長，每一個都比我壯也比我重，他們坐都沒事，為何我才坐下，椅子軸承就斷？

就有資深同仁開玩笑說：「股長，您這個位子坐不久喔！」

果然，沒多久，鄭永霖學長接任台東縣工業策進會總幹事，我接機要祕書，人生際遇有時真的充滿驚奇，也充滿玄機。

在我接任機要祕書時，當時的民政局徐鼎標局長特別叮嚀我：「老蕭，我們是老同事，有幾句話想提醒你。」

作者（左二）與徐鼎標局長（中）考察合影

他懇切的說：「你現在是一人之下，很多人的上面，很多人都張大著眼睛等著看你怎麼做，也一定有人嫉妒你。我希望你能想到幾年後，當你離開這個位子時，大家對你的評價，建議你對縣府的同仁要友好，特別對約聘雇、臨時人員及司機工友一定要和善，不要讓他們覺得你和他們有距離。」

徐局長是我過去在新聞股當科員時的老長官，他那時是行政室主任，受過日本教育，做事很嚴謹，要求也很高，但正直豪爽，對待同仁很好，有時覺得他像嘮嘮叨叨的婆婆，有時又像鄰家親切的阿伯。

他個性急，處理事情很明快，但也懂得自省。我當新聞股科員時，有一次在編輯「縣政報導」，他就站在旁邊看，邊看邊唸，叨叨絮絮的，我被他唸得有點煩，抬起頭來問他：「報告主任，是您在編還是我在編？」

他愣了下，隨即道歉說：「不好意思，是你在編，不打擾你。」顯見他是一個有胸襟氣度的人。

徐局長酒量很好，人更風趣，三杯下肚，唱歌笑話樣樣來。他的成名曲「那隻多滾（蚯蚓）啊！安怎會唱歌？……」常逗得大夥兒笑得人仰馬翻，跟著鬼吼鬼叫。

有一年，鄭烈縣長率團到德國姊妹市馬肯田郡訪問，我和徐局長都同行。其中有一行程是參觀當地的啤酒廠，德國人很好客，隔著大長木桌和我們對飲。德國人體型都很高大，看我們小小隻的，以為啤酒一定喝不贏他們，哪知較量之下，才知台灣人不簡單。

廠裡有幾座展示用的水晶馬靴杯，很漂亮，是非賣品，也非贈品。德國人和我們喝啤酒喝high了，就以此當賭注，若我方代表能一口氣，把馬靴杯裡的啤酒喝完，就可把水晶馬靴杯當戰利品帶回台灣，輸了，就只能說sorry了。

這個好辦，大夥兒公推徐局長挑戰這個「Mission Impossible」。

啤酒廠工作人員取出水晶馬靴杯，清洗好之後，足足注入三瓶半，共二一〇〇CC的啤酒，要一口氣喝完可不容易。大夥兒都張大著眼睛，等著看徐局長怎麼把那麼多的啤酒裝進肚子裡。

徐局長不愧是「酒國英雄」，只見他從容地捧起裝滿啤酒的馬靴杯仰口就喝，一口口咕嚕咕嚕地下肚，不大的功夫，滿滿的啤酒全進到徐局長的肚子裡。

看到這一幕「真人表演」，德國人全驚呆了，以為徐局長是變魔術，把啤酒變不見了，還有人上前摸徐局長的肚子及背後，懷疑是不是偷偷裝了管子。

等徐局長高高舉起喝光的馬靴杯時，眾人喝采不已，德國人更是大開眼界，就在歡樂氣氛中，更促進雙方情誼。徐局長的豪飲、善飲，幫代表團贏得水晶馬靴杯，也為訪問德國之行，留下一段有趣的回憶。

李輝芳市長

我和李輝芳市長算是舊識，他為人很風趣隨和，不會擺架子，也是性情中人，但二人從未共事過，一直到他回鍋再度當選台東市長時，才開始我和他的一段情誼。

大年初二早上九點，他打電話到家裡來，開頭就說：「老蕭，我們是老朋友，這是我第三度當市長，這次我要好好幹，你可以幫我嗎？」

我心裡暗笑：「齁，那您前兩任沒有認真幹喔！」

我和李輝芳市長沒有隔閡，二人向來有話直說也常互開玩笑，他問我：「好不好？」我竟不加思索回答說：「好啊！」

過完年開始上班，報紙大幅刊登我即將接任台東市公所主任祕書的消息，新聞見報後，縣府很多主管都勸我不要去，說市公所人員素質差，辦事沒效率，我去的話會很累。

我聽了笑笑，不置可否，當中唯獨徐局長獨排眾議，鼓勵我去。他說：「老蕭，不要在意職等，經驗是金錢買不到的，這是個很難得的學習機會。」

徐局長的見解和我想的一樣，第一、我本來就不會在意職等，第二、我喜歡做有挑戰性的工作，第三、越複雜難搞的事情被我搞定，才能彰顯真本事。

就這樣，在縣府一些主管好友陪同下，風風光光到市公所報到，李輝芳市長也以高規格禮遇，歡迎我的到來。

這是李輝芳市長的第三任，總要有些不同的做法，他問我：「怎麼做？」我說：「縣政府已經在做的，我們就不重複，搞台東市轄內該做的。」

李市長表示認同。

具體做法，我建議先做跟市民生活攸關的基礎建設，路燈、排水溝及美化市容，李市長說ＯＫ。於是我找來工務課長、民政課長、清潔隊長及承辦人等，大家一起研商，順便聽聽他們的意見，研擬具體可行方案。

我每天都發佈新聞，宣示市公所推動整頓市容、美化市容的決心。當時台東市區建商推出很多建案，宣傳旗幟、紅布條到處插、到處掛，又不維護管理，一陣風雨過後，幾條主要街道都是破落的旗幟、紅布條，很礙觀瞻。而租售房子、借錢免押金、專通馬桶的招貼，貼的到處都是，大樓牆壁、電線桿無一倖免。

我透過報紙、電台及地方電視台不斷宣導，要求業者自行清理，否則一個月後，等宣導期一過，將嚴格取締，對違規者處以重罰，並徵收代理清潔費。

開始執行當天，由我親自帶隊上街，動員了工務、民政、清潔隊及環保、警察等單位支援，同時聯繫好地檢署及中華電信，根據招貼上的電話即予開罰。

一陣雷厲風行下來，果然市容乾淨多了，再沒有人敢隨便張貼小廣告。當然市公所也有配套，我們擇定幾個地點設置固定公告欄，讓建商、仲介公司及民眾可以張貼廣告。

執行一陣子之後，有一天李輝芳市長跟我說，有建商推出售案，想在市區插旗幟掛紅布條宣傳，請市長幫忙。

市長說：「你們找蕭主祕。」

建商說：「就是不敢找他，才找您。」

沒想到市長竟回說：「我也不敢。」

我說：「市長，您這麼講，不是存心要我當壞人？」

他笑說：「主祕，你辦事，我放心，絕對支持你。」

我辦公室每天都擠滿了記者，幾乎都是學弟妹，見面第一句話就是：「學長，今天要去看哪裡？」

我在縣政府發佈新聞慣了，跑縣政新聞的記者們也跟著來，當然是市政宣導最好的幫手。於是我每天在主持完會議或巡查完地方建設後，便主動發佈新聞，外加提供照片，記者們樂歪了，就常在我辦公室聚集，有時也提供一些意見作為市政決策參考。

住在郊區的市民知道市公所重視基層建設，紛紛透過代表、里長或親自跑到市公所找我，希望市公所幫他們裝設路燈或興建排水溝，我都安排時間，偕同工務課長、民政課長到現場勘查，通常是馬上看、馬上決定。

民眾很肯定市公所的效率，能迅速回應民眾需求，市所同仁工作情緒被激發，士氣也跟著提升上來。我也常利用集會時間，與他們分享組織文化、辦公室氣氛、工作情緒、便民服務的觀念。

我到市公所才一個月，就面臨垃圾抗爭事件。協商地點在豐原國小，我才到會場就被抗爭民眾包圍，鬧哄哄一片，我要大家先安靜下來，讓我先了解整個事情來龍去脈才好解決。

抗爭民眾於是推派代表，陳述過去市公所和當地居民協商設置垃圾掩埋場經過，他們不滿市公所毀信背約，因此才抗爭。

我聽了他們的陳述，覺得里民抗爭有理，也知道問題癥結在哪裡，當場允諾一個月內幫他們處理完畢。

第二天早上，我偕同工務課楊榮南課長到豐源地區拜訪里民，果然蒼蠅很多，空氣中也飄散著一股垃圾酸腐臭味，對里民要求的建設回饋，請工務課立即設計發包辦理，並要求清潔隊徹底做好覆土及消毒工作。

之後，只要有空，我便跑豐源地區拜訪里民，展現市公所解決問題誠意，幸在工務課、民政課及清潔隊同仁努力下，一場垃圾抗爭很快就落幕，當初帶頭抗爭的民眾，日後也都成了好朋友。

由於積極推動市政建設，我在媒體的曝光率很高，就有人到李輝芳市長面前咬耳朵，說蕭主祕搶市長的風頭——「功高震主」。

李輝芳市長則回應：「蕭主祕年輕又長得帥，很上鏡頭，他常上新聞是應該的，何況是幫市公所做宣傳。」

記得有一回碰到陳建年縣長，他半開玩笑說：「老蕭，沒想到你的新聞量竟比我當縣長的還多。」

我尷尬地回：「不敢啦！是記者朋友捧場啦！」

原本我並不把這種小道消息放在心上，可是當傳聞越來越多，也說得像回事時，就不能不警覺了，假使演變成「眾口鑠金」或「曾參殺人」就不好了。

於是我找李輝芳市長當面講清楚，他不諱言的確有人在他面前提這檔事。

他說：「是有人嫉妒你，也有人覬覦你的位子，不過，還要看看他們有沒有你的本事，也得看我要不要用他們。主祕，你放心，我耳朵不是那麼輕的。」

所謂「女為悅己者容，士為知己者死」，有李市長的知人善任及充分授權，我當然是全力以赴，盡力輔佐市長推動市政。

每次市長夫人遇見內人，就說：「主祕夫人，很感謝妳先生幫我老公很大的忙。」內人也謙稱：「哪裡，這是他應該做的。」

和李輝芳市長就是這番惺惺相惜、彼此信任的情誼，讓我們合作愉快，也讓市政建設有了有別以往的嶄新風貌。

李輝芳市長常和我開玩笑，他說：「主祕，這個市長是我們兩個輪流幹的。」

我忙回：「不、不，您是老闆，我是夥計。」

在台東市公所擔任主任祕書四年，讓我學習很多也成長很多，最懷念的是李輝芳市長的隨和、大度、不拘小節。

他是很受市民歡迎、愛戴的市長，也是讓人永遠懷念的「輝芳伯」。

作者（左）與李輝芳市長（穿白色夾克）合影

釀文學236　PG2288

後山小子的趣味事
──蕭福松散文集

作　　者	蕭福松
責任編輯	陳慈蓉
圖文排版	林宛榆
封面設計	王嵩賀
封面題字	沈禎
內文插畫	沈禎

出版策劃	釀出版
製作發行	秀威資訊科技股份有限公司 114 台北市內湖區瑞光路76巷65號1樓 電話：+886-2-2796-3638　傳真：+886-2-2796-1377 服務信箱：service@showwe.com.tw http://www.showwe.com.tw
郵政劃撥	19563868　戶名：秀威資訊科技股份有限公司
展售門市	國家書店【松江門市】 104 台北市中山區松江路209號1樓 電話：+886-2-2518-0207　傳真：+886-2-2518-0778
網路訂購	秀威網路書店：https://store.showwe.tw 國家網路書店：https://www.govbooks.com.tw
法律顧問	毛國樑　律師
總 經 銷	聯合發行股份有限公司 231新北市新店區寶橋路235巷6弄6號4F 電話：+886-2-2917-8022　傳真：+886-2-2915-6275

出版日期	2019年8月　BOD一版
定　　價	290元

本書由國立台東生活美學館協助出版

國家圖書館出版品預行編目

後山小子的趣味事：蕭福松散文集 / 蕭福松著. -- 一版.
-- 臺北市：釀出版, 2019.08
面； 公分. -- (釀文學；236)
BOD版
ISBN 978-986-445-348-1(平裝)

863.55 108011563

讀者回函卡

感謝您購買本書，為提升服務品質，請填妥以下資料，將讀者回函卡直接寄回或傳真本公司，收到您的寶貴意見後，我們會收藏記錄及檢討，謝謝！

如您需要了解本公司最新出版書目、購書優惠或企劃活動，歡迎您上網查詢或下載相關資料：http:// www.showwe.com.tw

您購買的書名：________________________________

出生日期：________年________月________日

學歷：□高中（含）以下　□大專　□研究所（含）以上

職業：□製造業　□金融業　□資訊業　□軍警　□傳播業　□自由業

□服務業　□公務員　□教職　□學生　□家管　□其它____

購書地點：□網路書店　□實體書店　□書展　□郵購　□贈閱　□其他

您從何得知本書的消息？

□網路書店　□實體書店　□網路搜尋　□電子報　□書訊　□雜誌

□傳播媒體　□親友推薦　□網站推薦　□部落格　□其他________

您對本書的評價：（請填代號　1.非常滿意　2.滿意　3.尚可　4.再改進）

封面設計____　版面編排____　內容____　文／譯筆____　價格____

讀完書後您覺得：

□很有收穫　□有收穫　□收穫不多　□沒收穫

對我們的建議：________________________________

____

____

____

請貼
郵票

11466
台北市內湖區瑞光路 76 巷 65 號 1 樓
秀威資訊科技股份有限公司 收
BOD 數位出版事業部

(請沿線對折寄回，謝謝！)

姓　　名：＿＿＿＿＿＿＿＿＿＿　年齡：＿＿＿＿　性別：□女　□男

郵遞區號：□□□□□

地　　址：＿＿＿＿＿＿＿＿＿＿＿＿＿＿＿＿＿＿＿＿＿＿＿＿＿＿

聯絡電話：(日)＿＿＿＿＿＿＿＿＿＿＿(夜)＿＿＿＿＿＿＿＿＿＿＿

E-mail：＿＿＿＿＿＿＿＿＿＿＿＿＿＿＿＿＿＿＿＿＿＿＿＿＿＿＿